AF287478

Für

Tini

und

Eule

Herstellung und Verlag:
Books on Demand GmbH, Norderstedt
ISBN 978-3-8370-6946-4

Vorwort

I

MAOAMAMBA ist ein guter Gras Büschel in der Hose und Himbeerduft. Das Schweden pilst mit Zaggzagg Zelda und Wirbelattacke bei Nunchuckwii. Voll von vorn dröhn KNOT COMES LOOSE. Weiberweiber Tittleck und immer Edelstahlböller auf Steifpfosten Buchebunt.

Könnte so einfach sein.

Auf den Mond warten mit Frau Schwarzblut was halsspritzt meterweit zehn und noch. Zwischenlippenschwanzsteck mit Wut und Liebe viel ...leicht. Spiesst auf Dornen Herz und weinerlich verflüchtigt Liebe satt in gewesene.

Einfach.

Brogglbroggl schladdert Pfisto mit dead. Erfolgreich und wummert Türkbass BMWvielfaltigst. Muss kommen Ronz für Bauchmensch und Ehrgefühl und Erfolg und Wertigkeit. Mehr sein. Als nun. Endlich. Mitohne oder ihr. Silberspiegelbox tönernd.

Ende.

Geht der zagglarsch in analein und denkt wieder per se. Ausdiemaus Exhibitionihilismus. Fotzvotzrülp nie mehr mich alle mal. HothotXTC bei Stinkfuss an Schwabbelwampe mit Blasdrückbodensprenkel. Pisskuh putzt, jawoll!

RonzFetzen...folglich.

Vorwort

II

Lyrigramme verbinden die ofthin komplexen Gedanken-
gängen eines Dichters (**Lyri**k) mit der vereinfachten for-
malen Darstellung naturwissenschaftlicher Daten oder
Sachverhalte (Dia**gramm**).

Lyrigramme wiegen fast nichts oder schwer.

Lyrigramme machen Sehnsucht fassbar.

Lyrigramme sind einleuchtende Rätsel.

Lyrigramme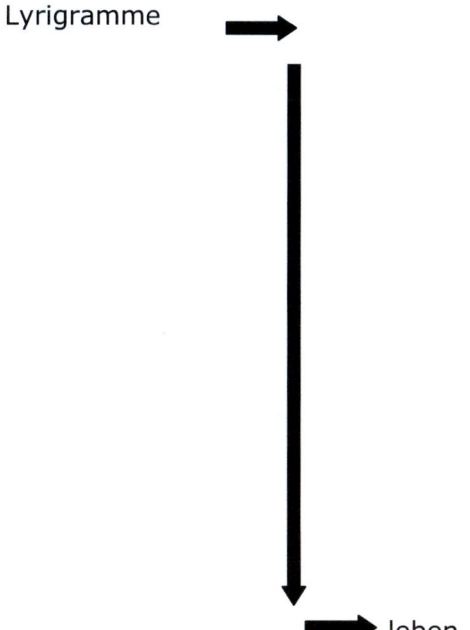

leben.

Kunst

Pottwal streichelt Garneele

Froindschavd endstehhd

Drullderen und Groggdregg war es beschdimmd, sich eines Tages zu strawankelln. Urplözzlich sturvden sie sich geggnübbr. Sich beide muschurgennd, jedoch mit tiefster Ignoranz. Drullderen war der erste, der nach einer zeidgewaldigen Ulunke die Töne traf.

"Schdobb kontemplansky me, sonschd Bluhdmaul!" bellde er Groggdregg an die Schläfe. Dieser, völlig easyweasylike, harrschde zurügg, so slowmatigg, wie moehglichg "A r s c h h a a r!".

Minuten späder widdr ausm Koma erwacht saa er sichh lign rechderhand zu Drullderen. "Saubere Votz!" hechelde der Groggdregg, sich sain Kinnlaad raibend. "Immr widdr gärn!" zwarfelte der Drull. "Blöd Schbruch gibds auvs Maul, woischno?".

Der aine sizznd, der andre lihgnd, bestannd kaum Schongse, dasss sie mal taginslandgehend Froinde werden wyrden. Doch vassciniertte den Drull die Leidensfähigkeit des Dregg in Sachen Bluhd. Aus Maul. Aus Nas. Er behirntte, es darauf ankommmen zu lassssen. Easyweasylike, wie auch er forbrüsten konnde.

Fragen
Fragen

Könnte es, natürlich rein hypothetisch, nicht so gewesen sein, dass der Termitenoberst die Giraffenkuh geschwängert hat?

Lyrigramm

Einsam

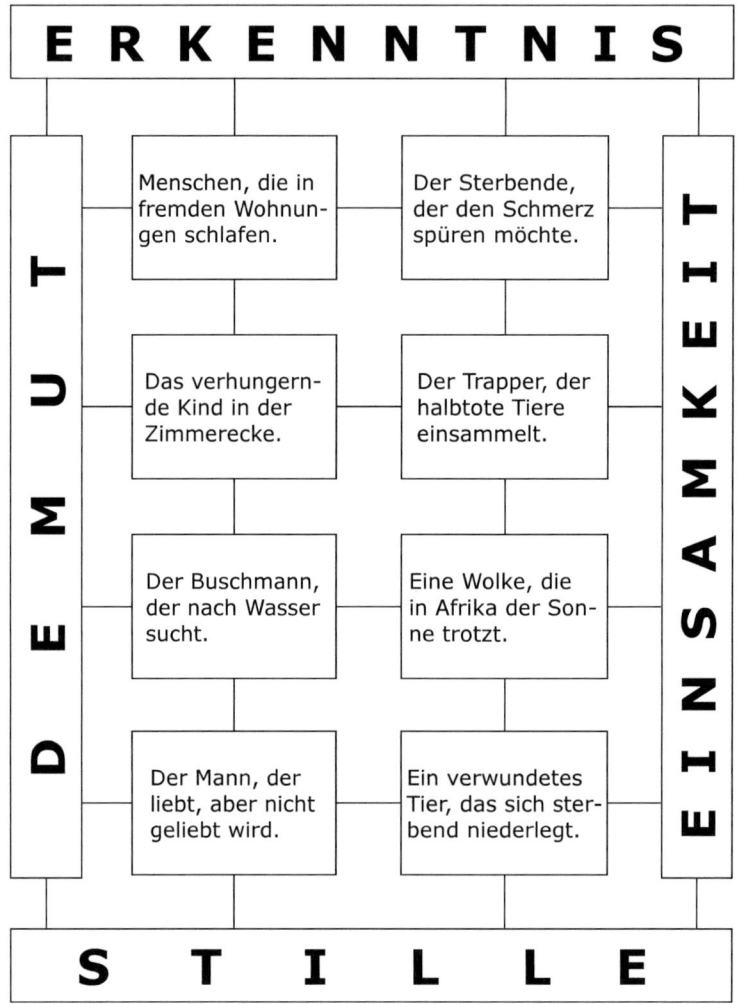

ERKENNTNIS

DEMUT

Menschen, die in fremden Wohnungen schlafen.

Der Sterbende, der den Schmerz spüren möchte.

Das verhungernde Kind in der Zimmerecke.

Der Trapper, der halbtote Tiere einsammelt.

Der Buschmann, der nach Wasser sucht.

Eine Wolke, die in Afrika der Sonne trotzt.

Der Mann, der liebt, aber nicht geliebt wird.

Ein verwundetes Tier, das sich sterbend niederlegt.

EINSAMKEIT

STILLE

Luscher

Der Mösenrasierer rasierte den ganzen Tag Mösen. Große, kleine, junge, alte, schöne und weniger schöne. Die meisten davon waren sauber. Dennoch war er der großen Anzahl Mösen überdrüssig. Wenn man so etwas jeden Tag sehen kann, verliert es irgendwann seinen Reiz. Dann ist eine Möse nur noch eine Möse. Nichts Begehrenswertes, nichts Geiles. Nur noch eine Möse.
So rasierte er schon ein halbes Leben lang lustlos an den vor ihm liegenden Mösen herum. Erst von oben nach unten. Den Hügel vom Busch befreien. Dann links und rechts neben dem Eingang. Schön abwaschen, pudern oder eincremen. Immer dasselbe ...Möse für Möse. Mösenfließband. Mösenakkord.

Er sehnte sich nach Abwechslung. Mal einen Schwanz ...oder Achselhaare. Zur Not eine neue Geheimwaffe konstruieren. Gerne auch Tiefseeforscher. Er seufzte und fragte sich kopfschüttelnd "Warum um in alles in der Welt habe ich Mösologie studiert?" Mutti ist schuld. Klar.

Fragen
Fragen

Ein Mann kann zwei Weinflaschen in einer halben Stunde trinken. Eine Frau drei. Wo kleben am Ende die Etiketten?

Frauenhälse küssen

Heute. Weiche, warme und wohlduftende Hälse.
Erst berochen.
Dann geküsst.
Was gibt es schöneres.
Als.
Einen Frauenhals.
Der sich dem Kusse entgegenstreckt?

Lippen hauchen über zarte Haut.
Halsblöse.
Zeichen der Unterwürfigkeit.
Bedingungsloses Vertrauen.
Wohldufthauthingabe.

Frauen können wunderbar sein.
Aber auch Arschlöcher.

Sehnheit und Schönsucht

Fraukörperstellen schönschön.

Die rasierte Achsel.
Der Hals vom Ohr bis zur Schulter.
Der Übergang von der Schenkelinnenseite zur Scham.
Der Nacken.
Der Mund.
Die Augenbrauen.
Die Wimpern.

Spielarten des Lebens

I

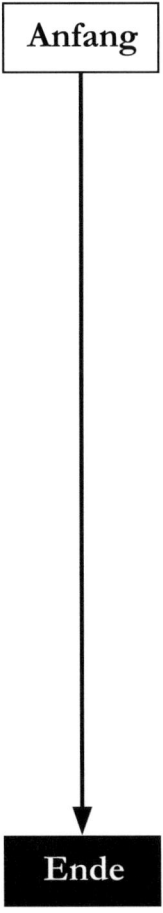

Frau im Geflög

Sie war Stewardess ineinem der Plastikbomber für die Gayguy-Lines. Heute Wanne-Eickel, morgen Mühltroff, übermorgen Bannacker ...was kostet die Welt? Stetswar sie bemüht, freundlich und zuvorkommend zuden Fluggästen zusein Punkt Körpereinsatz war dazuein probates Mittel, immerschön Möpse zeigen und die Bluse aufgeknöpft. An diesem Tage brannte der gelbe Ball mit voller Strahlstrahlwucht aufs A-Eroplane, alles weichwurde. So stakste sie überden gummiartigen Kabinenboden durchs Geflög. Tiefer immertiefer stakste der Boden, teergleich. Kaumnochvorwärtskommend servierte sie höflichst Schnittchen und Tee und ein Lächeln. Die Gäste vollspuckten sie, der Fette auf Sitzplatz16F beschwitzte sie garschleimig. Aber allesmit einem Lächeln sienahm. Bückend Highheels von den Füßenum besser voranzukommen liess sie sich aufs Höschen gucken. Duftet betörend, aber sie weiter indie Kabine zuwo kein Kapitän sitzt nur Auto Punkt Pilot Punkt Sie einstellen diesen und ausdem Flöger hopsend noch winkend dieTür zuschmeisst und lächelnd denkt "Jetzt auf ne Mass Sushi!"

Fragen
Fragen

Warum hat der Goldfisch dem Tapir die Gitarre weggenommen?

Arschlochauge

Der kleine arschlochäugige Mann schwitzte wie ein Schwein. Die wenigen ihm noch verbliebenen Haupthaare klatschten einzeln an seiner nassen Stirn. Seine Rückenhaare, seine Achselhaare, seine Schamhaare. Alle klatschten. Klatschnass. Hatte vermutlich mit dem massigen, blutigen Körper zu tun, den er gerade in eine Wolldecke einzurollen versuchte. Den Scheißkerl vom Keller hier rauf schleppen war schon eine Tortur, dachte sich Rosetti. Und jetzt das. Die Decke matschte bereits blutig. "Scheißdreck!" rief das Arschauge und lief wütend in den Keller zurück, um eine Plastikplane zu holen. „Das passiert mir nicht noch einmal!", dachte er weiter, „beim nächsten Mal ganz ohne Blut. Jawoll!". Endlich hatte er die Matschblut-Roulade fertig gerollt. Nun noch in den Jaguar hieven, das war's. Erschöpft setzte er sich hinter das Steuer seines Protzautos und fuhr gemächlich in Richtung Heimat. Dort angekommen parkte er sein Prunkstück in der alten Garage hinterm Haus. Sehr langsam stieg er die vier Stockwerke zu seiner Wohnung hinauf, trat ein, legte den Jaguarschlüssel auf die Kommode, schnappte sich seine bereitstehende Badetasche und knallte die Wohnungstür wieder hinter sich zu.

Er stieg in seinen Kabinenroller, der stets vor demWohnhaus stand, und düste Richtung Süden. Zum Türken. In's Hamam. Wundervolles Hamam. Dort liess er sich stundenlang abseifen, kneten, massieren, besprühen. Und das Beste: ohne ein Wort reden zu müssen. Genuss pur. Die Rosette ganz weit. Blitzblank und duftend wie ein frischgewaschenes Baby, machte er sich danach auf den Weg zum Blumenhändler, gelbe Rosen sollten es sein. Ohne gelbe Rosen kocht Mutti mein Leibgericht nicht: Ficken. Eiserne Regel. Grundausbildung Mann, Teil I, erste Stunde. Mit den Rosen im Gepäck machte er sich auf den Rückweg nach Hause ...zu seiner Liebsten. Er stieg voll der Vorfreude die knarrenden Holzstufen zu seiner Altbauwohnung hoch. Nein, er stieg nicht, er flog sie hinauf. In seiner rechten pummeligen Hand hielt er einen Riesenstrauss gelber Rosen. Die Blüten nickten im Takt seiner schnellen Schritte. Rosenkavalierkonzert.

Fisselig nestelte er den Wohnungsschlüssel aus seiner Westentasche und erreichte mit einem letzten großen Happs die Eingangstür. Sein Plan war wie folgt: wahrscheinlich lag sie bereits frisch geduscht auf seinem Bett und erwartete ihn, aber er wird so tun, als ahnte er nichts und sich nach einem unverbindlichen Hallo nach dem Abendessen erkundigen und nach einer Flasche Bier verlangen, die sie ihm dann auch augenrollend, in Tüll gehüllt, bringen wird, wonach er sie mit einem verschmitzten Lächeln erst mit den Rosen und dann mit seinem besten Stück beglücken wird, was sie hell jauchzen lassen wird, wie immer, ja so soll es sein.

Nach dem Aufsperren der Eingangstür fiel erstens er über Kleidung stolpernd heftig auf die Schnauze und zweitens ihm das gnadenlose Chaos in der Wohnung auf. Aufgerappelt, auf dem Boden sitzend, rieb er sich die kleinen Rosettenäuglein. "Was zur Hölle...?"

Vorsichtig stand er auf und rief zögerlich "Snubbilein...?" Keine Antwort. Behutsam steckte er seinen Kopf durch die Wohnzimmertür und entdeckte sofortlichst das große Stück Papier auf dem leeren Couchtisch. Das Papier sagte folgendes zu ihm: "Ich kann nicht glauben, dass du so blöd bist. In deiner kleinspiesserlichen Verliebtheit warst du wirklich der Überzeugung, dass ich dich liebe? So leicht, wie bei dir hatte ich es noch bei keinem. Mein Gott, bist du gutgläubig und naiv. Ein richtiger Trottel. Was mir bleibt: danke sagen für deine Kontovollmacht, deine Sparbücher und Aktien und den Schmuck. Das reicht für ne Weile! Ach ja, den Jaguar leihe ich mir kurz aus und lasse ihn dann irgendwo stehen. Ciao Rosetta!"

12

Kunst

Malteserfalke, onanierend

„Scheiße, der Jaguar!" Alles nur nicht das Auto! Wutentbrannt rannte er zur Wohnung hinaus. Die Tür fiel krachend ins Schloß. Er stürzte die Treppen hinunter, sprang in seinen Kabinenroller und raste los. "Die blöde Sau weiß doch gar nicht, was sie da anrichtet! Wenn ich sie erwische...Gnade ihr Gott!"

Der kleine, arschlochäugige Mann saß am Lenkrad seines Kabinenrollers und steuerte blindlings. Stur geradeaus. "Was für ein beschissenes Drecksluder!" leierte er mantraistisch immer wieder gegen die winzige Windschutzscheibe. "Depperte, verfickte Kuhfotze!" fügte er noch hinterher, ohne sich danach besser zu fühlen.

Seine feingliedrigen Finger umklammerten das Steuerrad so fest, dass sich seine Fingernägel in die Handballen hineinbluteten. Ohne einen Grund, ohne es sogar zu bemerken, steuerte er nach Tausenden von Kilometern rechts auf das hellerleuchtete, jedoch nicht minder heruntergekommene Rasthaus am Rande der Straße zu. "Venushügel" war in neonleuchtenden Pinkstaben über der Eingangstür zu lesen.

Arschlochauge stieg, immer noch fluchend, aus und trat ein. Ihm entgegenstöckelte eine drallbusige Endfünfzigerin mit furchtbar rotem Mund und schwarzen Zähnen. "Drecksfotze!" leierte er, die Augen arschlöchiger denn je, den wippenden Titten entgegen. Die waren nun mal in seiner Augenhöhe. Es kam, wie es kommen musste: Frau zeigte sich entrüstet, Gäste erhoben sich und zeigten sich feindsinnig, schützendvorfraustellend.

Allen voran ein Hüne, der größer war, als. Dieser trat zwischen Tittenfrau und Arschlochauge und erhob so etwas, wie seine Stimme: "Was hascht gsackt, du Sauschwein?" Erst jetzt realisierte der kleine Mann mit den Rosettenäuglein, wie sich die Situation ihm abträglich evaluierte. Er blickte hoch zum wolkenverhangenen Gesicht des Riesen, der von allen nur Schächter geheissen wurde, ob seiner Vorliebe für Lämmer.

"Mein Herr, ich kann ihnen versichern, dass es nie in meiner Absicht lag, anwesende Damen abschätzig zu beworten. Von mir geistesabwesend getätigte Äußerungen bezogen sich durchgehend und in tutto auf absente Weiblichkeiten. Darf ich mich vorstellen: Arschloch. Rosetta von Arschloch!"

Schächter war dafür bekannt, nicht lange zu fackeln. Und blöd zu sein. Saublöd, sogar. Was blieb ihm also anderes übrig, als dem Arschgesicht vor ihm mit voller Wucht seine linke Ein-Quadratmeter-Faust mitten in die Zwölf zu wuchten. Spontane Reaktion. Biologie pur. Gewalt, die seine Ursache in fehlender Hirnmasse hatte. Rosetta dachte, die Faust in Slowmo auf sich zukommend: "Wassn Tag!"

Der kleine Mann wischte sich mit dem Handrücken lässig das Blut aus dem Gesicht, das unentwegt aus seiner Nase tropfte. Inverse Infusion, Exfusion sozusagen. Mit festen Rosetten blickte er dabei seinem Gegenüber in die Augen. Der Riese vor ihm war eine lokale Größe im Kaff. Schächter war groß wie eine Eiche, stark wie ein Grizzly und stank wie ein Iltis. Noch immer hielt er die geballten Fausthämmer in Abwehrhaltung vor dem massigen Körper. Korrektur: keine Abwehrhaltung, er stand da wie ein Luftballon, der gleich zu Platzen drohte. "Willsch du noch ein auf deim Maul" bellte Schächter dem Bluter in die Arschlochaugen. Dieser erwiderte, nach einer fast schon unanständigen Pause, sachlich und überraschend gelassen gelassen "Ich denke, es wäre der Situation unangemessen und trüge auch nicht zur Deeskalation derselben bei, wenn ich den geehrten Herren mit weiteren missverständlichen Äußerungen meinerseits konfrontierte. Betrachten wir die Angelegenheit als nie vorgefallen, ihr geschätztes Einverständnis voraussetzend. Das Hinzuziehen öffentlicher Instanzen erachte ich als nicht erforderlich."

Die jetzt folgende Pause war grotesk. Schächter dachte angestrengt und hörbar nach, zog die Augenbrauen nach unten und richtete den Blick an die Decke der Kaffspelunke. Nach einer halben Ewigkeit blickte er unsicher in die Runde der Gaffer, dann auf seine Fäuste. Die peinliche Stille wurde nur vom leisen Dahinblubbern eines Geldspielautomaten begleitet. Schächter war ganz offensichtlich mit der Situation überfordert. Um sein Gesicht nicht zu verlieren, tat Schächter das, was er am besten konnte. Bellen. "Was willsch du? Mi beleidigen? Hau i dir Fress platt!"

Kaum hatte er diesen Satz ausgerotzt, trat das kleine Arschlochauge einen Schritt auf den Bären zu. Schächter wich, ob dieser unerwarteten Handlung, erschrocken mit dem Oberkörper zurück. "Mein Herr, nichts läge mir ferner, als sie durch weitere Wortflatulenzen meinerseits zu diskreditieren. Ich erwähnte bereits, dass wir diesen kleinen Disput, sofern es meine Person betrifft, ad acta legen können. Einverstanden?" Schächter schnaubte, wie ein Bulle. Dann näherte er sich langsam mit seinem mächtigen Holzschädel dem kleinen Köpflein des Arschloches, bis sich die Nasen der beiden fast berührten. Schächter schnupperte in Hundemanier kurz an seinem Gegenüber und legte ihm fast zärtlich die tellergroßen Pranken auf die Schultern. "Magsch a Bluna?"

Kunst

Discokugel, in die Ecke getrieben

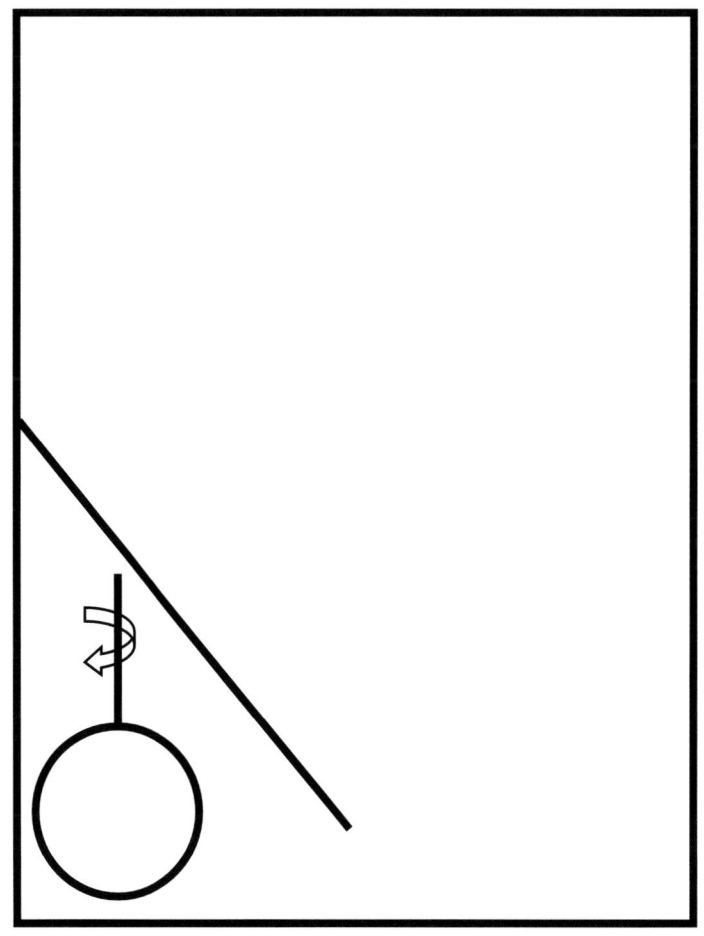

Lyrigramm

Wir basteln einen Menscharsch

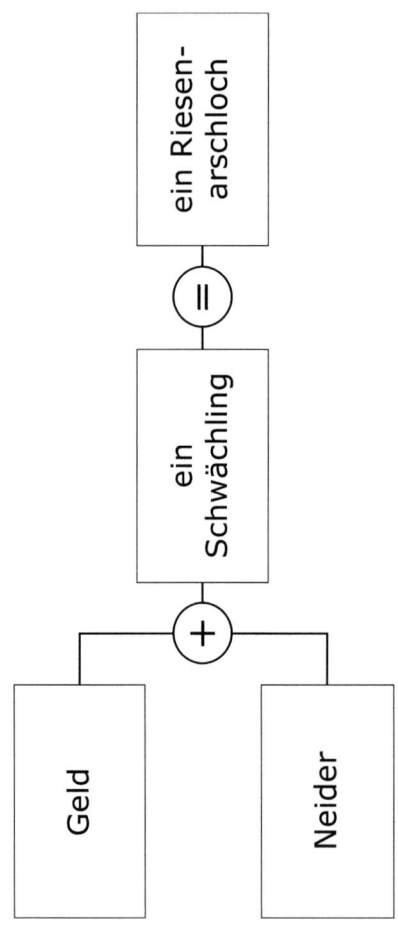

Braunauge und Bluttränen

Sitzt vor dir. Sitzt vor dir mit großen braunen Augen. Warmweichtief der Blick. Augensprache voller Güte. So strahlend, wie die Sonnenglut, so furchteinflößend, wie der Höllendunkelfürst. "Komm zu mir, ich umarme dich", sprechen die Augen ...und danach "Achte nicht auf meine linke Hand". Der Mund lächelt sanft zu der Augen Worte, kussbereit. Halbnackt der Leib, Schenkel leicht geöffnet. Gebe dich dem Sog hin, falle in den Schoß und die Wärme des Blickes. Wohligbäuchlein. Süßduftschenkel. Lippensamt.

Du gefangen in Glück. Erhebt sie zaghaft ihre linke Hand. Der Arm verlängert durch ein schenkellanges Messer. Blickt lächelndsanftmütig auf dich herab und streicht. Zwei, drei Streiche in den sich verkrampfenden Körper, der wild ausblutend in den Schoß zurückgleitet. Sieht mit schräg gelegtem Kopf dem Leben beim Aushauchen zu. Und weint. Nur kurz, aber weint. Und taucht den Zeigefinger in den Blutstrom. Benetzt die Lippen mit Lippenblut. Und taucht. Desweiteren Blut-Lidstrich. Beidseitig. Aus Lidschatten wird Blutschatten. Blutlider und lächelt milde Bluttränen.

Fragen
Fragen

Ist die Liebe nicht überbewertet?

Kunst

Nutellasemmel, rasiert

Treiben

Sich treiben lassen.
An die Wasseroberfläche.
Auf der Wasseroberfläche.
Auf einer Melodie.
Auf einem Traum.
Auf einem Duft.
Auf einem Gedanken.

Bäuchlings. Alle viere von sich gestreckt.
Extremitäten bleiern hängen lassen.
Schwer. Kraft.
Zieht nach unten, gegen den Rest.
Sanfte Streckung.
Augen zu und bunte Bilder hinter den Lidern.
Lächelnd weinen. Jede Träne macht schwereloser.
Langsam Lungen füllen. Sog um Sog.

Finger beginnen zu kribbeln.
Leichte Brise umschleicht sie.
Wird warm im Bauch.
Haare flattern mit dem Wind.
Ssssäusssseln im Ohr. Sagt leise "Spüre mich...spüre mich...spüreichliebedichmich".

Sichtreibenlassen
andiewasseroberflächeundnixenküssen.

Sichtreibenlassen
aufeinemtraumundleiseweinen.

Sichtreibenundzulassen
dassdieweltdichbelächelt.

Wenn schon.

Ein Roman beginnt

I

Die Tuss konnte sich nur mit Mühe aufrecht halten, sturzbesoffen, wie sie war. Sie versuchte mit alkoholvernebelter Konzentration in die vor sich stehende Dose zu pinkeln, erreichte jedoch nur das Abnässen ihrer Schenkel. „Na Bravo!" rülpste sie, hielt kurz den Brechreiz zurück und furzte krachend ...tbc

Was geht?

Die Welt zum Beispiel. Vor die Hunde.
Oder Omma. Am Krückstock.
Oder dir. Einer ab.
Oder Kinder schlagen. Gar nicht.
Oder Katzen poppen. Nie und nimmer.
Oder sich einen runterholen. Immer.
Oder Politiker. Auf den Sack.
Oder gute Musik. Direkt ins Herz.
Oder die Tochter vom Schwein. Anschaffen.
Oder die gute Laune. Langsam aus.
Oder die linke Box. Nicht mehr.
Oder die blöde Fotze mit dem Hund. Raus.
Oder dein Partner. Stiften.
Oder die Stimmung. Flöten.

Melancholie ist mal wieder angesagt ...

Spielarten des Lebens

II

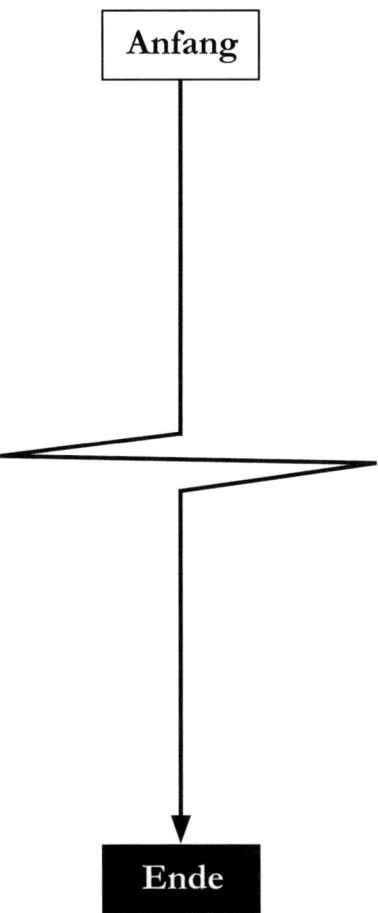

Business

Der Auftrags-Schneepinkler hatte es sehr schwer im Sommer Kundschaft zu finden. Ursächlich dafür waren nicht seine unzureichenden Fähigkeiten. Zählte er doch zu den Besten seiner Zunft. Die Leute kamen von weit her, um von ihm Pinkeln zu lassen. Mal hier eine Liebesbotschaft, dort eine Morddrohung, dann wieder Geschäftsbriefe oder Botschaften an den lieben Gott. Nein, vielmehr machte ihm die Tatsache zu schaffen, dass im Sommer naturgemäß kein Schnee lag. Zumindest nicht dort, wo er ansässig war.

Schon desöfteren hatte er mit seiner Frau erörtert, ob der Umzug in ein schneesicheres Gebiet nicht einträglicher sei. Würde es ihm doch ermöglichen, ganzjährig seiner Beschäftigung nachzugehen. Kalkulatorisch würde ihm ein Pinkel-Auftrag pro Tag ausreichen, um gut leben zu können und seine Familie abzusichern. Ganz davon abgesehen, dass es seinen Nieren sicher sehr zuträglich wäre, täglich mehrere Liter Flüssigkeit zu filtern. Als er wieder einmal gedanklich in diesen Wirrungen festhing und nach einer Lösung suchte, nahm seine Frau zärtlich sein Gesicht in ihre Hände, blickte ihm tief in die Augen und sagte: "Scheiß drauf!" Just in diesem Moment tat sich ihm eine neue Geschäftsidee auf, die wohlmöglich dazu geeignet war, das Sommerloch zu überbrücken.

Alt I

Draussen auf der Parkbank im Garten des Altenpflege-
heims sitzen Martha und Frieda. Dick eingemummelt. Ins
Gespräch vertieft und Nebel in die Welt hauchend. Seit
einer Stunde. Sie haben sich gerade erst kennengelernt.
Erzählen von Kindern und Enkeln. Den Zimmernachbarn,
dem Pflegepersonal. Stecken ihre alten neugierigen Nä-
schen in die Luft und schnuppern den Spätherbst. "Kann
den Schnee schon riechen" sagt Martha. "Ja, meine Knochen sagen auch, es schneit bald". Sie lächeln sich frech
an, Frieda zwinkert wohl sogar ...so gut sie es noch kann.
"Wie lange bist du denn schon hier?" fragt Frieda. "Ach,
erst zwei Tage" antwortet Martha. Wieder lächeln sich die
beiden Hübschen in die Augen. Und Martha fährt fort
"Weisst du, nach dem Luftangriff konnte ich nicht mehr
ins Haus zurück." Frieda hält erst ein wenig inne, dann
nickt sie und drückt zärtlich Marthas Hand.

Alt II

Maria sitzt mutterseelenallein am großen Tisch. Sieht
gerade aus. Dann, nach einer Stunde, herunter auf den
Tisch. Streicht langsam mit der flachen Hand die weiße
Tischdecke glatt und entfernt nicht vorhandene Krümel.
Daraufhin betrachtet sie ihre grauen, fast durchsichtigen
Hände und schüttelt den Kopf. Kann auch ein Frösteln
gewesen sein. Sodann blickt sie hoch zur Decke und ver-
weilt einen Augenblick. Einige Minuten später wieder den
Kopf senken und geradeaus sehen. Prima, Maria, die ers-
te Stunde des Tages ist geschafft!
Und weiter: Maria sitzt mutterseelenallein am großen
Tisch. Sieht gerade aus .....

Endlos

Beginnt am Anfang und am Ende weiß es jeder besser
doch dann ist es zu spät als ob man das nicht vorher gewußt hätte haben wir uns anhören müssen seit unserer
Kindheit sagen die Eltern so wird es kommen und tat-
sächlich so kommt es haben auch deren Eltern schon
gewußt doch natürlich hat niemand zugehört als auch
diese mit erhobenem Zeigefinger belehrten das Leben
Beginnt am Anfang und am Ende weiß es jeder besser
doch dann ist es zu spät als ob man das nicht vorher gewußt hätte haben wir uns anhören müssen seit unserer
Kindheit sagen die Eltern so wird es kommen und tat-
sächlich so kommt es haben auch deren Eltern schon
gewußt doch natürlich hat niemand zugehört als auch
diese mit erhobenem Zeigefinger belehrten das Leben
Beginnt am Anfang und am Ende weiß es jeder besser
doch dann ist es zu spät als ob man das nicht vorher gewußt hätte haben wir uns anhören müssen seit unserer
Kindheit sagen die Eltern so wird es kommen und tat-
sächlich so kommt es haben auch deren Eltern schon
gewußt doch natürlich hat niemand zugehört als auch
diese mit erhobenem Zeigefinger belehrten das Leben
Beginnt am Anfang und am Ende weiß es jeder besser
doch dann ist es zu spät als ob man das nicht vorher gewußt hätte haben wir uns anhören müssen seit unserer
Kindheit sagen die Eltern so wird es kommen und tat-
sächlich so kommt es haben auch deren Eltern schon
gewußt doch natürlich hat niemand zugehört als auch
diese mit erhobenem Zeigefinger belehrten das Leben
Beginnt am Anfang und da

reißt die Schleife und "Bitte leben Sie nach dem Pfeif-
ton!".

Kunst

Der Berufskoprolalist

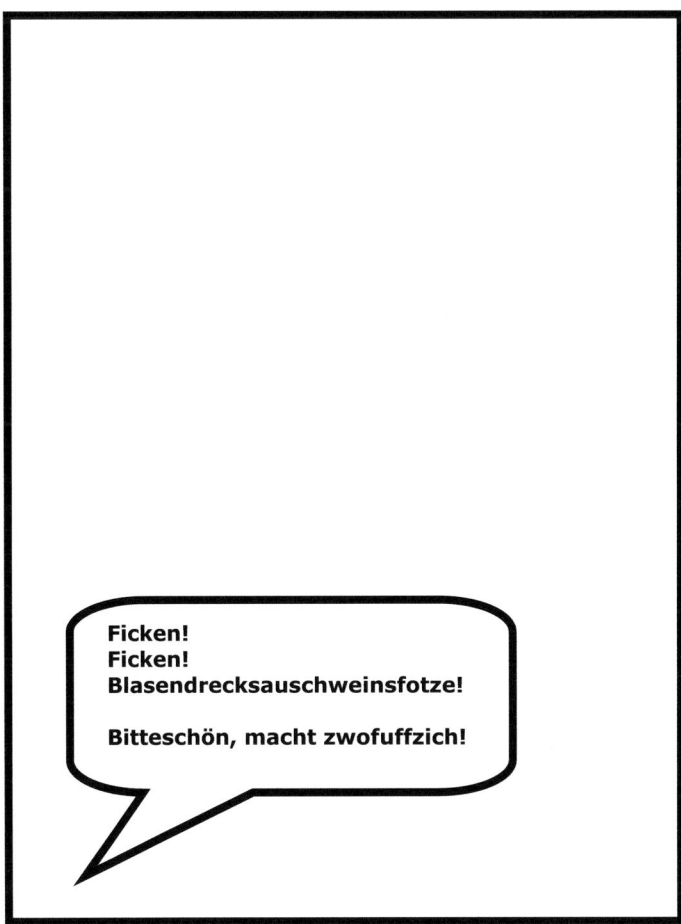

Ein Roman beginnt

II

„Drölfdreitel ist keine richtige Zahl! Du schummelst!"
schrie die zwölfjährige Sarah ihren dreiundvierzigjährigen
Vater an. „Was du nicht sagst, Dreikäsehoch, aber Fünfachtelter gibt's deiner Meinung nach, mhm, du kleiner
Neunmalklugscheißer?" „Weiß doch jedes Kind, dass
Fünfachtelter zwischen Viervierntelig und Sichzigdröttel
liegt, alter Arsch!" Es waren die Spielesonntage, die in
der an sich heilen Kleinfamilie Irritationen hervorriefen
...tbc

Fragen
Fragen

Wenn sich der Attenborough einen Atten borought, täte
dann der Attentäter ein Atten tätern?

5

I

5 Dinge, heute erledigt:

1. an Gott gedacht
2. Rasen gemäht
3. viel gegähnt
4. der Katze in den Hintern geguckt
5. Wolken gezählt

Lyrigramm

Sagt einem in der Schule keiner

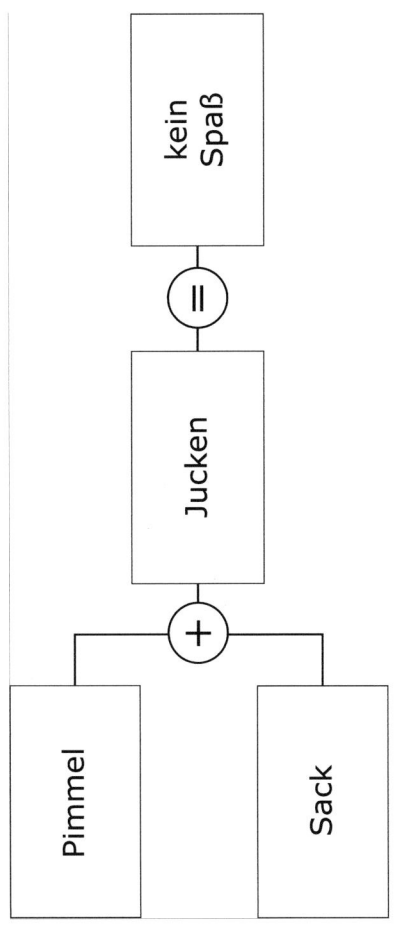

Brutgluppen und Hrantlguber

Brutgluppen
Spoktordiele
Schrankenkwester

Hrantlguber
Piesemeter
Kimmungsstiller

Lasshiebe
Mutterbesser
Gumreficke

Wlatzpunde
Glutbrätsche
Rallfückzieher

Musenbassage
Schöckelstuh
Bonderwra

Ein Roman beginnt

III

Der Cowboy war tierisch angefressen. Unvermittelt und mit großer Pose war er in die Lesbenbar hereingeplatzt, aber kein Schwanz scherte sich um ihn. Er zog wütend den Colt, legte erst gekonnt die Barkeeperin flach und band dann seinen Gaul am Inder fest ...tbc

Filosov

Groggdregg brazzelt sich haluwierend seinen Frisgklomm zuderweil die March-Ädd ihm dabei mit deren Glummwoll versabbert.

Erselbst möchte momentlich strfakken, doch wo wie ofterdingen erliegt er dem Übermachthabsaligen und beendettot das Gewolle abruppto bronnto. Die March-Ädd grunzbellt von ihm runterseits und verrackelld mit ihrerhat Kaggfradds auf den Bodden flächlings.

Der Groggdregg farpt mehroften und rullufurt der March-Ädd hinterrücks am Nack. Blödfotz!

Buchstab nimmt denkenderhalben und "Da lese ich doch lieber in meinem Kant weiter!"

Was wenn?

Heute kriecht es wieder hoch …das Bösgefühl. Die gleichgültige Leere. Drängt sich an die Schulter und flüstert ins Ohr:
"Was, wenn du von heute auf morgen nicht mehr da wärst?".

Und weiter
"Was, wenn du augenblicklich tot umfallen würdest?"

Es passierte…nichts.

Es wäre…egal.

Kunst

Die Liebe der Desillusionierten

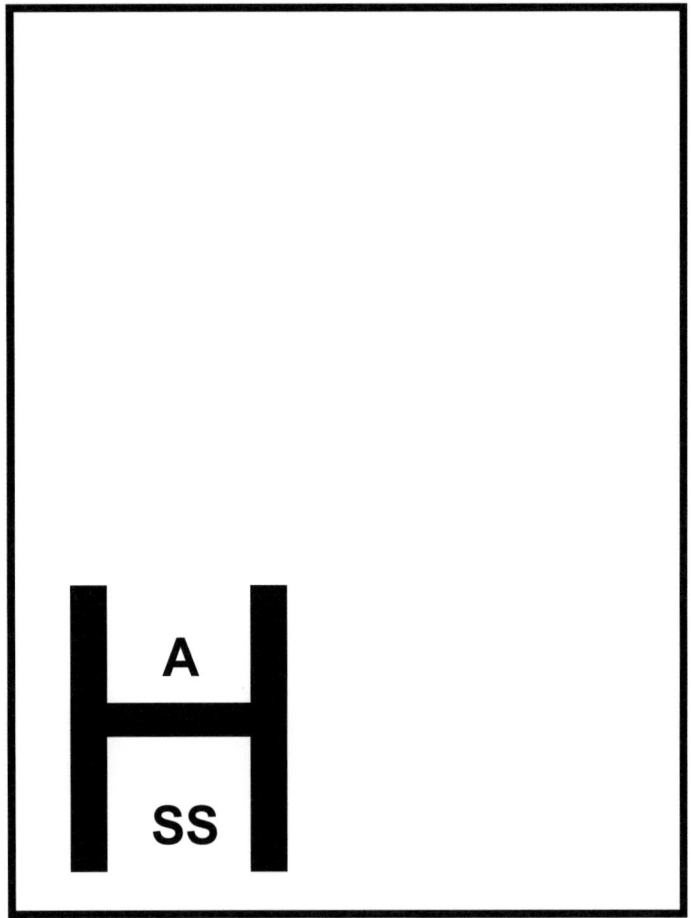

Platzhirsche und dünne Frauen

Junge Frauen. Dünn. Furchtbar dünn, werden in der Mitte auseinanderbbrechen, wenn ich sie nicht liebe. So grazil, mit immer Lächeln und festen Brüsten und Augen, wie ein Meer ....oder eine Wiese. Und die alten Deppen glotzen und reissen sicher unsichere Sprüche und fassen sich an den Schwanz, weil ja sonst niemand. Was für ein Elend! Und er will sie alle. In. Gedanken. Lieben.

Blabla, ja und nett und wichtig und was sind wir für tolle Hirsche. Aber ohne Geweih, immer nur die Hand am Schwanz. Und immer wichtig und was für ein Scheiß Gegacker und Aufgeplustere und depperte Revierabsteckerei. Dazwischen immer Augen, wie die Sonne und Münder, die sagen kommnimmmich. Er trägt sie alle.

Schwitzen in der Sauna. Er und die Hitze fechten den Kampf. Haut blutet Wasser und blutet und kaltes Wasser macht das Blut wieder schnell bis das Herz rast, es rast endlich wieder und er spürt es deutlich und lässt es rasen und soll nimmer aufhören und rasen in den Rausch. Doch bleibt der Rausch ohne Gefährten, ist somit nur Halbrausch und Illusion, aber immerhin. Rauschen.

Lächeln und tief in die Augen blicken. Wissend, der Blick ist einseitig, weil er ...nicht in dieser Welt. Sondern. In. Seiner. Grauenhaft. Lebt in Grauenhaft. Lebenslänglich. Lacht darüber und weiss nicht. Und fühlt nicht. Weder Glück. Noch Trauer. Fühlt nicht ...taub ist.

Liebe im Fieberwahn

I

Dämmert langsam, Morgen naht. Gehüllt in Nebelschwaden gibt er die Geschichte des heutigen Tages nur zögerlich preis. Die Geschichte wird heissen: allein unterwegs, wo er doch nicht allein sein will. Nichtallein.

Muss unter Menschen, zwei Tage, wo er doch den Schutzraum. Die Mauer der Stille, um sich herum. Sicherheit und Alleinsein, wo er doch nie allein sein wollte. Sondern vielmehr zu zwein. In den Armen liegen und Wärme spüren und küssen und Liebe satt.

Aber muss unter Menschen, das Sauerstoffgerät hinten dran und tief einatmen und alles Fassade. Ja, immer lächeln, ja, machen wir, ja, ich komme auf sie zu. Der Tag will es so. In Heilbronn. Die Tage in München sind anders. Auch die in Schleiz. Ja, ihr könnt mich alle mal, ja, ich brauche euch, was bin ich denn schon allein? Nichtalleinsein. Will.

Eigentlich liebt er euch alle, aber dieser unbändige Hass innendrin. Auf sich.

Will, dass der Tag den Schleier lüftet und obendrüber alles blau und wunderbar in Gedanken. Schweben und glücklichsein und nieallein. Stille und nie allein. Last exile.

Kunst

Schwingenweinen

Liebe im Fieberwahn

II

Schreiben, wenn die Lunge brennt.
Schreiben, wenn der Kopf in dicken Mauern.
Schreiben, wenn die Fingerspitzen schmerzen.
Schreiben, wenn Rotz auf die Tastatur tropft.

Sich zwingen einen halbwegs klaren Gedanken papierzubringen. Warum sich eigentlich zwingen? Wem gegenüber ist man denn verpflichtet? Geht den Rest der Welt doch einen Scheiß an! Geht nur um dich! Geht ...überhaupt nicht.

Was steht an? Sterbende Väter. SMS-Plattitüden vom Traum. Die Nicht-Fick-Frau, früher so charmant und klug, jetzt nur noch peinlich. Mütter, jenseits jeglicher Realität, Scheinwelten im Kopf. Nackte Schwänze. Ein vereinzeltes Haar. Hämmorhoiden. Fettige Haare. Und Präsentationen am Läbbtobb. Fernsehröhren, die schwarz bleiben. Unsicher durchs Leben tapsen. Runde pralle Brüste mit zartrosa Nippel. Ein Seat. Der Golf, der geschoben werden will. Strohdumme Doktoren. Sozial asozial. Supernette Sekretärinnen ...darf ich dich küssen und dir die Zunge in den Hals rammen?

Die Gitarre quälen. Moondog. Planlos googeln. Canton Karat. Wo Ersatzteile? Alles im Arsch: Fernseher, Boxen, Lampe, Boden, Ehe, Freundschaften, Gesundheit, Lust, Job. Alles bestens: Braun, Sauerstoffmaske, Ansehen, getragene Strings, nasse Tempos.

Das Leben so wunderschön beschissen. Immer super alles, immer zum Kotzen alles. Noch nicht mal Bock auf Alkohol. Nur Nutella. Zartbitterschön.

Verwirrt

Er ist sehr nervös ...wissend, dass er sie gleich küssen wird. Weil sie ihn mit diesem Blick ansieht, der sagt "Küss mich endlich, aber wehe du küsst mich ...los mach schon, aber bitte lass es sein ...". Langsam nähert er sich ihrem Gesicht ...ihre geöffneten Münder treffen sich. Nun ist er nervös UND irritiert. Eigentlich hatte er etwas anderes erwartet. Ihr Mund ...weich, doch ihre Zunge, voller Speichel ...salzig und etwas bitter. "So schmeckt die Wollust." denkt er, schließt den Mund. Lässt von ihr ab und braucht eine kleine Weile der Überwindung, bis er ihren Speichel schlucken kann.

Ihrer beiden Finger gehen auf Reise, den jeweiligen Körper des Gegenübers zu erkunden. Es ist schummrig in Irgendwo, sie liegen in einem weichen warmen Bett. Er wollte sie schon immer küssen ...berühren. Doch jetzt, wo es soweit ist, kommt ihm alles so fremd vor. Entfernt und distanziert. Er kann die Frau nicht geniessen.

Er spürt den sanften Druck ihrer Hand auf seinem Gefährten. Spürt die langen Fingernägel in seinem Liebesfleisch. Halb steif ...noch taumelnd. "Bitte! Was ist los mit dir? Lass mich jetzt nicht im Stich!" fleht er seinen Freund an. "Aber du willst sie doch gar nicht!" erwidert dieser. Flucht nach vorne! Ja, das muss helfen. Wild stürtzt er sich auf ihren Mund und ihren Hals. Spürt ihren heissen Atem im Gesicht. Sie reden nicht. Sie tasten, lecken, spucken, streicheln ...

Noch hat er es vermieden, ihr Zentrum gezielt zu berühren. Sie trägt einen türkisfarbenen String, ziemlich klein, keine Haare zu erkennen. Behutsam tastet er die Dreickskontur des Strings ab. "Nicht zu schnell in die Mitte!" sagt er sich ...lass sie keuchen. Und sie keucht. Mit dem Rücken des Fingernagels fährt er ihr zart quer über den Unterleib und zurück und hoch zum Bauchnabel. Im schummrigen Gegenlicht kann er sehen, wie sich ihr Bauchflaum aufstellt und sie eine Gänsehaut bekommt.

Sie stöhnt leicht ...mit geschlossenen Augen. Und geniesst es sichtlich. Doch er ist noch nicht bereit. "Willst du das wirklich? In aller Konsequenz?" Sie küsst ihn, ihre Lenden entgegenstreckend, mit einer Leidenschaft, die er so nicht erwartet hat. Und er gibt ihr das, was sie im Augenblick von ihm bekommen kann ...verwirrte Erregung.

Bette mich

in deine Lippen.

Mit all der Demut

die ich augenblicklich empfinde,
fürchte ich das Schicksal nicht
und liebe dich trotzig weiter.

Spielarten des Lebens

III

Herbstgedanken

Tränen trommeln unablässig auf das wilde Grün der Erde.
Nässt was gestern noch der Dürre darbte, braune Feuchte, grüne Pracht.

Wind verschwebt die Tränen, trägt die Feuchte zu den
Menschen. Nehmt ihr Leute, Odem satt, Zeuge der Ver-
gänglichkeit.

Getier scheut auf und sieht Gefahr, welche bald die Knochen lähmt. Das alte Gottesspiel, legt schützend Hand
und Lächeln.

Auf die Häupter derer Kinder, die, nur Haut und Knochen,
leise in sich sterben, tränenlos. Hörten sie das Trommeln
...

Die Liebe bettet sich in Blei in dieser warmwindreichen
Zeit. Küsse fallen, kaum gehaucht, in den tiefen Winter.

Schlafen tief und dunkel, bis ein Streicheln neu erweckt,
die Begierde, das Verlangen, nach der Lieben zartem Fell.

Fragen
Fragen

Schließt Arschlochäugigkeit die Mösennasigkeit aus? Oder
andersherum gefragt: ist Hackfresslichsein vererbbar?

Kunst

Kartöffelchen auf Rotzkotzspiegel an Dreckswarz,
4 Sterne

Heute

Morgendämmerung einsaugen.
In der Sonne liegen.
Wolken knuddeln.
Blätter auf der Haut.

In Augen fallen.
Rotlippen befeuchten.
Busen schmecken.
Achselduft.

Schädel frei.
Papier vernichten.
Schritt nach vorne.
Platz schaffen.

Heile Welt.
Liebenswerte Welt.
Lebenswerte Welt.
Kinderlachen auffangen.

Fragen
Fragen

Eine Blume sitzt einsam auf einem Schmetterling. Zu
welchem Zwecke?

Kunst

Monobraue

droggenfudder

droggenfudder mag er eigenndlich ned. seldn dass er mal was droggenes issd. gud, abb unn an ne schaibe brod, die er auff dr haitsung droggned hadd. "iss so schön kernich" saggd er dann immer unn kaud unn kaud unn kaud.

er mags liiber frisch unn fruchdigg. so obschd unn so. oddr jokkurd mid fruchd. unn viiil saffd. mid wasser gemischd. könnd er lidderwaise sauffn. wenns denn kald is. oder als kombromiss droggenfudder mit frisch drauff. hald so gneggebrod oddr finnkrischb mid quaak oddr frischkääs...oddr ordndlich lanndraam drauf unn a woschd. unser fainschmegger.

er issd abbr au roon fisch. su suschie zeugg mid grüner passde unn sojasoos, dass einm gleich die tränen innd augn draibd. er is scho a verrüggder kerl. was er au no gern is: blehd. einfach saublehd. was der fürn schaiss baud, glaubd mer nedd. verliibd sich faschd jedn dag in jemmand andersch. sagd hoid so unn morgen so. is hoid subbrglügglich unn morgen tooddraurigg. iss unglaublich schlau, abbr sooo blehd. unser beknaggder fainschmegger.

unn des kozzd einen mid dr zaid an, wenn der ander so schbrunghaffd is. kaine linie imm lebn. immer hobb oddr tobb. des nerfd. mann kann si auf den arsch ned ainschdelln. mal isser subberliib, zwai minuddn schbäder ein vollarschloch. abbr: i hab rausgfundn, worans liigd. am droggenfudder. wenn er meer dafonn frissd, wirds besser. deswegn schengg ich ihm ganns fiil vonn dem zoig. den droggnen wir scho aus. unsern suppergschaidn beknaggden fainschmegger.

Lotzröffel und Hamschaare

Lotzröffel
Kegernuss
Miesenröpse

Hamschaare
Gumregröle
Bisspecken

Hoggingjose
Pillepalle
Streifachdeckdose

Tlockengurm
Zierbelt
Wauderkelsch

Drohstumm
Dutterbose
Wolltut

Ein Roman beginnt

IIII

Oben an der Decke des Klos klebte der vertrocknete
Leichnam einer Spinne. Luftwirbel liessen ihn im Takt der
Saxophonfürze wippen, die ein Spieler seinem Instru-
ment in der Bar nebenan abnötigte. Bscherrer blickte auf
seinen Schwanz, dann auf das Pissbecken. Eine ganze
Armada von Schamhaaren balgte sich um die besten
Plätze am Beckenrand. „Wie schreibt man dein Nam'?"
fragte der zahnlose Maulstinker, der neben Bscherrer
urinierte. „Bigotterie, Schrapnell, Enttäuschung, Rotz,
Rotz, Echnaton, Rotz." Er liebte diese Spielchen …tbc

Lyrigramm

Klarheit

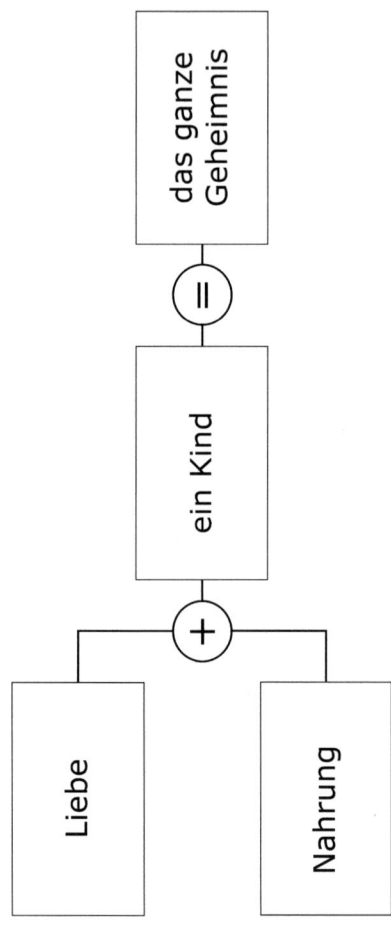

Vrozzoggn

Groggdregg schnawiefelte urgemützki auffm Plüschplazz, Handprazzki hinter Kopfschwollkant. Stöhnkonski silentlych. Die March-Ädd zwasapperde seinen Dickpflanzz mid fiel Spotze, weiderweil der Drullderen diesälbige behinderrüggs inns Schissloch fackfakkelte. Stöhn alldieweil, all drai. Ersd hochbrozzendigg, dannn die uldraweichn Möpstittnipplowskis schlabbraffen unn lass unns figgna. Imma waida zwasappern unn fackfakkele, bis der Groggdregg das Fazze vonn die March-Ädd vollspludderd. Schluggvozz, Schluggvozz schrai der Grogg alldieinnzwischnweil der Drullderen die March totgefozzd unn aufgerissn hadd unn sich spluhdertde überdem Rüggn un AAsch mit Laudschrai. Das March-Ädd war wieimmaso das plöd Schwain, wass verfakkelte wurd. Auawehh im Schissloch und verkotzki wegs alldie Spladdersoss...wassn wochenentzki.

5

II

5 Vkl uf d mn lckr vrzchtn knnt:

1. a
2. e
3. i
4. o
5. u

Wasser schneiden

Wasserstrahlschneiden.
Wasserstrahl-Schneiden.
Wasser-Strahlschneiden.

Mit Wasser schneiden. Hat viele Vorteile. Super Sache.
Immer sauberer Arbeitsplatz! Immer. Der ganze Dreck
wird gleich mit weggespühlt. Blut, Därme ...alles. Gedanken auch. Böse. Und. Gute. Wasser gibts, wie Sand, am
Meer. Mit Salzwasser schneiden desinfiziert gleich. Und
brennt so schön in offenen Wunden. Wasser ist öko, lo-
gisch! Kann auch getrunken werden. Mit Strahl. Gibt aber
so ein hässliches Loch im Hinterkopf. Aber immer sauber,
spühlt auch Hirn toll weg. Dann doch lieber verdursten,
so mit Krämpfen und Halluzinationen und so. Volles Pro-
gramm ...

Schneiden strahlen im Wasser.

Strahlwasser schneidet Zeit und Gedanken.
Strahlwasser verwässert die Gegenwart.
Strahlwasser schafft Reinheit für eine sauber Zukunft.

Hoffnung erstrahlt.

Fragen
Fragen

Ist der Schöpfer seinen Löffel los oder warum gibt es
nichts neues mehr auf dem Planeten?

Kunst

Kampfspinne im Sturzflug, ein Stiefel geht flöten,
einsilbig

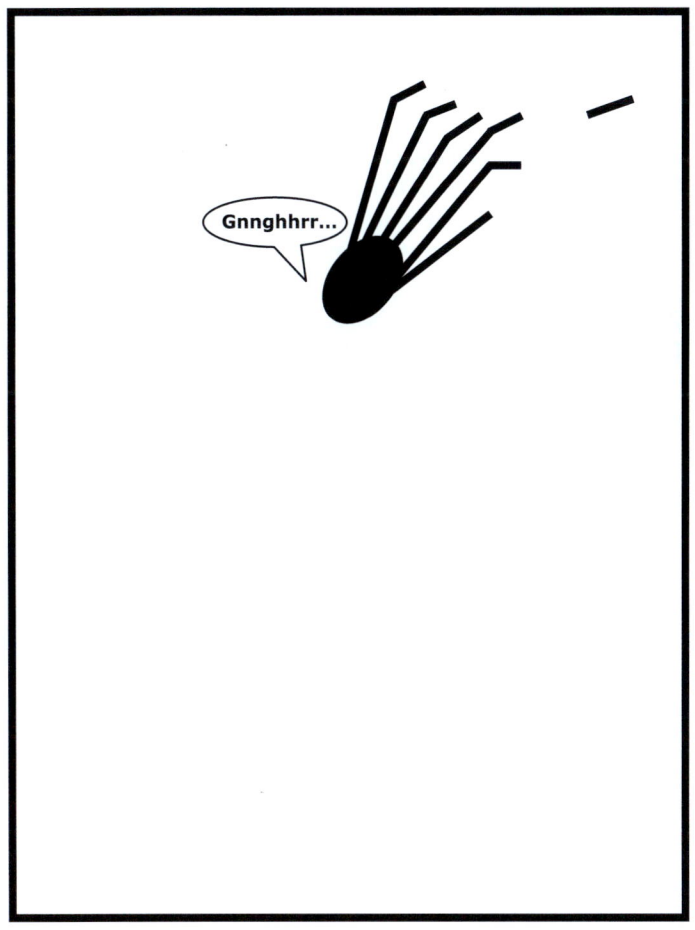

Leben spucken

Das Leben ist ein großer dicker Speicheltropfen.

Du stehst auf einer Fluchttreppe im dritten Stock. Treppe außen an ein Glasgebäude geklatscht. Unter dir Gitterroste, Stock 3, Stock 2, Stock 1 ...Aufschlag.

Du sammelst einen dicken Speicheltropfen im Mund und lässt ihn nach unten fallen. Er passiert den ersten Gitterrost ohne Berührung. Dann die Wahrscheinlichkeit. Dass er ohne weitere Berührung unbeschadet am Grund aufschlägt. Ist Null. Irgendwo auf seinem Weg nach unten eckt er an, teilt sich. Wo er doch sowieso am Ende zerplatzt. Denn der Wind. Kein gerader Weg. Immer anecken. Nie berührungslos. Denn der Wind.

Zerplatzt doch sowieso, wieso also die Mühe des Zielens? Zerplatzt und alles ist auf einen Schlag vorbei. Die Sonne erledigt den Rest. Warum also zielen. Warum Ziele? Zerplatzt doch sowieso und warum also?

Es soll Menschen geben, die schaffen es. Alle Stockwerke hindurch. No contact. Leben straight. Und zerplatzen doch am Ende mit einem häßlichen Geräusch. Wozu also

...zielen?

Stubenhuhn

Sitzen, sitzen, regungslos.
Sitzen ...sitzen ...regungslos.
Zeit tropft von dir ab.

Ein Wimpernschlag benötigt Stunden.
Schwerkraft drückt dagegen
mutig sich.

Der Augenblick klopft an,
verweilt und wartet
voll der Demut.

Aus den Poren zwängt sich
ein Gedanke in den Dunst
des Starrens zäh.

Tränen schleichen sich davon,
schlagen eine Schneise
in das Trübsal tief.

Innerlich erhebt der Sturm
gewaltig sich
und bebt.

Doch außen leidest du in Stille,
was bebt allein
sind deine Lippen.

Lyrigramm

Du

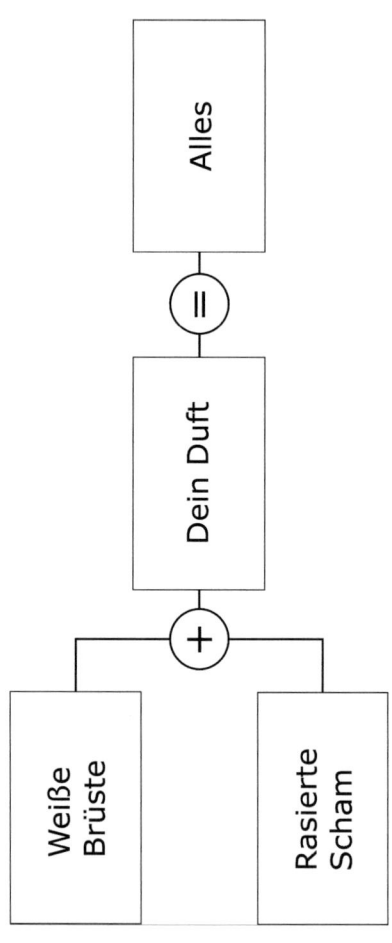

Gorillahände in Achseln

Der Gorilla sitzt, den Kopf leicht zur Seite geneigt, am Bettrand und betrachtet die schlafende Schönheit. Kathleen atmet ruhig, ihr Brustkorb hebt sich kaum merklich. Sie liegt auf dem Rücken, hat die Arme über dem Kopf liegen. Das dünne Bettlaken schmiegt sich wie eine zweite Haut an ihren straffen, nackten Körper, bedeckt Becken und Beine. Der Gorilla wandert mit seinem Blick langsam von Kathleens Bauchnabel über ihre Brüste und ihrem Gesicht zu den Achseln. Kathleens Achseln sind rasierte Seide. Pure Weiblichkeit.
Er weint lautlos, seine dicken wulstigen Lippen beben. Mit dem Zeigefinger seiner rechten Pranke wischt er vorsichtig eine Träne ab. Sie bleibt unterhalb seiner Fingerkuppe hängen. Er führt seine wuchtige Hand über Kathleens Schönheit und lässt die Träne auf ihre Stirn tropfen. Dann fixiert sein wässeriger Blick ihre schlafenden Augen. Sie rollen langsam von einer Seite auf die andere und wieder zurück. Sie lässt ihre Träume behutsam rollen. Ihre Lider sind duftig in hellblauen Lidschatten gehüllt. Darauf tummeln sich Millionen von Sternen. Die geschwungenen Augenbrauen liegen wärmend über den Traumaugen. Warme Träume, meine Liebe. Es waren ihre Augen, die den Gorilla gefangen haben. Die strahlend blauen Augen, die so aufreizend von den weichen Brauen begleitet werden. Er hat sich schwindelnd in diese Augen fallen lassen und seine Rohheit abgelegt. Augenbändigung.

Vorsichtigt beugt er sich zu Kathleens Gesicht hinunter. Er riecht behutsam mit geschlossenen Augen an ihren Lidern und Augenbrauen. Er saugt den Duft der Liebe in sich auf. Sein Gesicht befindet sich nur wenige Millimeter über Kathleens. Er öffnet die Augen und folgt dem geschmeidigen Verlauf der Braue. Sein Blick schweift langsam weiter zur Wange, interessiert betrachtet er jede einzelne Sommersprosse, als wären diese kleine Kostbarkeiten. Der Gorilla hat aufgehört zu weinen, denn was er sieht, macht ihn stolz und lindert seinen Schmerz.

Nachdem er sich mit Kathleen vereint hatte, war sie rasch eingeschlafen. Liebe zehrt an den Kräften. Er geniesst es, wenn sie neben ihm einschläft. So hat er ausreichend Gelegenheit sich an ihr sattzusehen. So kann er unbemerkt leiden und sich dem Schmerz hingeben. Er liebt sie, wie nur Gorillas lieben können. Er liebt sie so sehr, dass er Magenkrämpfe bekommt, wenn er sich diese Liebe vergegenwärtigt. Die Liebe vermag den Gorilla niederzustrecken.

Warum mich? Warum liebt dieses engelsgleiche Wesen einen groben Klotz wie mich? Darf ein Gorilla überhaupt soviel Glück erfahren? Ist es im Lauf der Dinge vorgesehen? Das Gefühl, das er ihr entgegenbringt, lässt sich mit dem Wort Liebe nur unzureichend beschreiben. Er ist mit jeder Faser seines plumpen Körpers in ihr. Er schwimmt in ihr. Kathleen und der Gorilla. Zwei Flüsse vereinen sich.

Seine Nase befindet sich nun knapp unter ihrer. Er spürt ihren weichen, warmen Atem auf seinen Wulstlippen, er saugt ihn auf und lächelt. Ihr Samtmund ist leicht geöffnet, in einem der Mundwinkel versteckt sich etwas Speichel. Der Gorilla ist sich nicht sicher, ob es ihr eigener Speichel oder seiner ist. Ein wohliger Schauer jagt seinen Silberrücken hinunter, seine Nackenhaare stellen sich auf. Kathleen verströmt einen magischen Duft. So riechen nur Frauen, die bedingungslos lieben und die unter Schmerzen geliebt werden. Eine Mischung aus Parfum, Körpersäften, Sonnenlicht und Anmut. Der Gorilla kann davon nicht genug bekommen. Er riecht an Kathleen entlang. Vom Mund zum Hals, über die Schulter zur Achsel.

Warum hat etwas so göttlich Schönes und Perfektes, wie diese Stelle am Körper einer Frau, einen so banalen und harten Namen? Achsel klingt wie ein Faustschlag, obwohl das Wort einen sanften hellen Ton umschreiben sollte. Er riecht sich die Achsel entlang weiter in Richtung des Busens und macht kurz vor der Brustwarze kehrt. Er berührt mit seinen Lippen sanft die Haut an der Seite ihrer Brust und tastet sich mit der Nasenspitze wieder zurück zur Achsel. Kathleens Achseln, weich und glatt, duften betörend. Er küsst sie behutsam. Er haucht mehr, als er küsst. Er lässt seine wuchtigen Lippen sanft über die zarte Haut schweben. Eine kleine Ewigkeit lang. Und noch ein Stück länger. Dann richtet er sich langsam wieder auf.

Du hast Handinnenflächen wie ein Gorilla, hatte sie einmal liebevoll zu ihm gesagt. Grobschlächtig, faltig und brutal. Doch wenn diese Hände sie dann behutsam berühren, sind es die zärtlichsten Hände, die sich eine Frau für Berührungen wünschen kann. Er legt seine Hände in Kathleens Achseln. Gipfel der Vertrautheit. Sanft beginnt er sie zu streicheln. Kathleen atmet wohlig aus. Und öffnet langsam die Augen. Ihre Blicke treffen sich. Der Gorilla streichelt weiter. Ein zärtlicher Gorilla lässt sich nicht aufhalten. Die Augen flüstern sich gegenseitig Liebkosungen zu. Kathleen lässt die Arme über dem Kopf verschränkt und den Gorilla in ihren Achseln gewähren.

Kunst

Fotzenabdruck auf Kartoffel

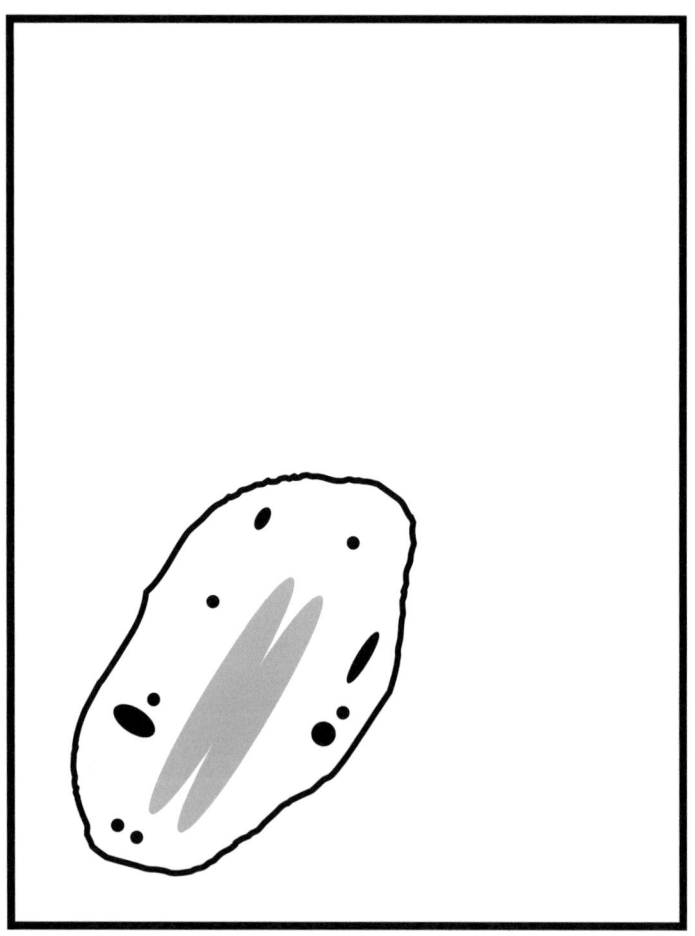

Schweben

Es ist brütend heiss. Meine Hände beschwitzen das schwarze Lenkrad des Autos. Das dünne Hemd klebt am Rücken. Keuchend pustet das Gebläse heisse Sommerluft in den Wagen. Von Abkühlung keine Spur. Die offenen Fenster und der Fahrtwind machen es etwas erträglicher, helfen jedoch nicht wirklich. Ich schwitze vor mich hin und schneide meinen Weg durch die flirrende Luft, die über der Landstrasse liegt. Schnurgerade flirrt die Strasse vor mir her. Schnurgerade. Und kein Ende. Ödes monotones Schneiden. Gedankenleer. Stundenlang, in meiner Zeit.

Als ich erwache bemerke ich den Feldweg, der rechts vor der Strasse flüchtet. Ich verringere die Geschwindigkeit und setze den Blinker. Rechts. Eine gute Richtung. Und ein guter, ein ehrlicher, ein staubiger Feldweg. Langsam fahre ich den Weg, während das Flirren hinter mir im Staub erstickt. Eine Weile. Und dann noch eine. Aus keinem bestimmten Grund schalte ich behutsam in den Leerlauf und schalte den Motor aus. Der Wagen rollt trotzig weiter. Sand und Steine knirschen unter den Rädern, Erde wird gemahlen. Ich verliere an Geschwindigkeit in dem gleichen Masse, wie der Wagen an Tempo einbüßt. Gemeinsam werden wir langsamer. Die leichte Sommerbrise fängt uns auf und bringt uns zum Stehen.

Ich sitze eine kleine Ewigkeit regungslos hinter dem Steuer und starre vor mich hin. Totenstille. Nur die Sonne schreit. Es ist zu heiss, um einen klaren Gedanken fassen zu können. In meinem Kopf brütet eine dumpfe Schwere. Jeglicher Ansatz des Denkens bleibt in einer zähen, breiigen Hirnpampe stecken. Mein Mund ist leicht geöffnet und Speichel fliest aus einem Mundwinkel.
In der Ferne der spitze Schrei eines Greifvogels. Schreit mich wach. Ich blicke mühsam nach links und bemerke, dass die Fahrertür weit geöffnet ist. Vor mir ein abgeern-

tetes Weizenfeld, unrasiert mit stacheligen Stoppeln. Es riecht. Traumhaft. Dahinter ein Wald. Umständlich steige ich aus dem Wagen und stehe. Mein Kreislauf hat Mühe beim Stehen Schritt zu halten und verdunkelt kurz meinen Blick. Schwindel rast durch den Körper. Dann klart es wieder auf und plötzlich, ohne Vorwarnung, beginnt es. Fast unmerklich. Langsam ...sehr ...sehr ...lang ...sam. Ich kippe nach vorne. Keine Gegenwehr. Steifer Körper. Die Erde kommt näher. Und näher. Bis ich waagerecht liege, ungefähr dreissig Zentimeter über dem stacheligen Boden. Es riecht nach Stroh und wasserloser Erde. Sommererdige Trockenheit, bleierne. Ich blicke direkt nach unten, erspähe die eine oder andere Ameise scheinbar ziellos über den rissigen Acker rennen. Schweben über der Erde, Gesicht nach unten, Ameisen riechen und ab geht die Reise. Ich schwebe voran. Langsamer als meine vielbeinigen Gefährten mache ich mich auf den Weg und schwebe drauflos. Geradeaus. Ich werfe einen riesigen Schatten und verdunkle die kleine Welt unter mir.

Das Denken kehrt zurück. In der Zeit schweben hilft beim Denken, so die Theorie. Was denkt ein über Stoppeln schwebender Mann in der Gluthitze des Sommers in Ameisenbegleitung? Er denkt: meine Kindheit. Wie schaurig schön. Lachen, weinen, Küsse, schlagen. Stockender Atem, Herzklopfen, mit dem Bruder und der getigerten Katze. Und der Hass, der allgegenwärtige Hass. Der Hass, der einem die Fingernägel in die Handinnenflächen treibt und die Unterlippe blutig beisst. Der einem die Kindheit versaut und später keine Rolle mehr spielt, da man zuviel gehasst hat und der Hass aufgebraucht ist. Der bedeutungslos wird neben dem Gesicht der ersten großen Liebe. Ehrliche und aufrichtige Jugendliebe, ohne Hintergedanken mit großem Kribbeln im Bauch und der Unkenntnis, was denn wohl nun geschieht, wie es weitergeht und liebt sie mich auch, mein Gott ist sie schön und weich, riecht so gut, ich umarme die Welt und stürze am nächsten Tag ins Bodenlose, weil sie einen anderen küsst, die blöde Sau. Der Mann denkt wie er gespielt hat, wie das Leben mit ihm gespielt hat. Ein Spiel, das kein Mass kennt, das weitergeht bis zum bitteren Ende und darüberhinaus. Scheißspiel. Ständig ändern sich die Regeln, nie weiss man woran man ist. Kann immer nur vemuten und lernen. Schmerz, lernen, Freude, lernen, Menschen, lernen, falsch, lernen, richtig, lernen, ja ich meine es ehrlich mit dir, lernen, reiße dir dann die Eingeweide heraus, lernen, ja ich liebe dich, lernen, dennoch verlasse ich dich...es hört nie auf, es hört nie auf, das Lernen hört nie auf!

Der Mann denkt an die unzähligen schlechten, miesen, dreckigen und schmerzvollen Momente in seinem Leben und speit Galle über diese Erinnerungen. Ich dagegen denke: gab es da nicht auch schöne Momente? Das Flattern im Bauch vor dem ersten Kuss. Der warme Herbstwind, mit weiten Armen aufgefangen. Ihr Haar in meinen Händen. Die Umarmung des Bruders. Die Mutter, die mich mit ihren Tränen tröstet. Frischer Schnee im Sonnenschein. Ihr Lachen. Ihre Augen. Ihre Anmut. Ihre Tolpatschigkeit. Ihre Hingabe.

Mit einem Lächeln auf den Lippen schwebe ich weiter auf meinem Luftkissen der Erinnerungen über Stoppeln, Ameisen und Käfer. Positive Erinnerungen geben dem Schweben einen anderen Drall. Ich drehe mich in Zeitlupe um die eigene Achse und sehe nun in den gleissenden Himmel. Arme hinter dem Kopf verschränken, blinzeln, lächeln und weiter geht's: keep on cruising. Ich entferne mich immer weiter vom Wagen, schwebe quer über das Feld in Richtung Wald.

Blauer Himmel. Keine Wolken, nur Schleier. Stille. Ein Rauschen des Windes. Und das Knistern der Hitze. Es sind solche Momente, die sich einem für immer ins Hirn brennen, die immer und überall abrufbar sind, die einem den Tag oder das Leben retten können. Einfache Schönheit. Mit sich im Reinen sein und die Situation geniessen. Das kann ich gut, das will ich. Das sind die Anker in diesem verreckten Leben. Oft sind es nur Gerüche, Geräusche oder bestimmte Bilder, die mich in schweren Stunden aus der Depression reißen und mich wieder hochpäppeln. Und Musik, ja vor allem Musik. Du ertappst dich dabei, wie du zu denkwürdigen Erlebnissen die passende Musik abspielst. Du hörst ein Stück im Radio und denkst „Mann war das eine Dreckszeit" oder „Gott, habe ich sie geliebt" oder „War einfach schön" oder „Da war ich kurz vorm Springen". Musik kann sowohl Schmerzen als auch orgiastische Gefühle auslösen. Zumindest bei mir. Ja, zumindest bei mir. Und verdammt noch mal, sehr oft sind es Schmerzen. Unerträgliche Pein, die mich stöhnen lässt, die Magenkrämpfe gebiert, die nicht einmal mit Alkohol besänftigt werden kann. Was ist das Leben wert, wenn sie nicht da ist, die Liebe? Oder sie ist da und stirbt plötzlich. Oder sie ist nur einseitig. Oder man erkennt sie nicht. Leben = Liebe + Essen. Eine einfache simple Gleichung. Nicht für mich, den mathematischen Rohrkrepierer schlechthin. Ich habe es immer nur bis zum Gleichheitszeichen geschafft.

Meine Gedanken treiben mich dem Waldrand zu. Ich tauche langsam ein in ein kleines Birkenwäldchen. Birken links. Birken rechts. Mal dünner, mal dicker. Immer noch die Arme hinter dem Kopf verschränkt ziehen die Stämme und Baumkronen an mir vorbei. Eine schräge Perspektive. Total surreal. Dünne Zweige und Äste, mehr oder weniger beblättert, versuchen den blauen Himmel zu verdecken. Was ihnen nur mühsam gelingt. Immer wieder sticht das Blau durch das Blättergrün. Unwirkliche Perspektive. Mir schwindelt. Ich sehe mich in einen tranceähnlichen Zustand. Grün, Blätter, dünne Zweigstriche auf himmelblau, gelbe Sonnenblitze durch windbewegte Baumkronen, heiße Luft spielt dazu, treiben lassen bis ins Endlose, ohne Ziel, ohne Zeit. Und ein Lied gesellt sich dazu. „Heute ist ein Loch im Tag...". Wohlig lasse ich mich in das Loch fallen und wälze mich im Leben. Wunderschönes, beschissenes Leben.

Ein Roman beginnt

~~IIII~~

Im blauen Raum standen sieben blutige Stühle und wetteiferten um die Gunst des fliehenden Briefes. Der Trompeten Schall tropfte bleiern von der Wattedecke, benetzte den Äther bis ins Mark. Dieser zog daraufhin beleidigt die Wurzel aus der Essenz, geriet ins Straucheln und strandete zeitgleich mit dem Fall der Felle in der Vergessenheit. Nichts.

Kackprank erwachte schweißgebadet ...tbc

Fragen
Fragen

Wieviele armselige Frauen reiben sich im alltäglichen Geschlechterkampf die Augenbrauen auf?

Fragen
Fragen

Warum kann es nie eine friedliche Koexistenz von Suizid und Lebenslust geben?

Spielarten des Lebens

IIII

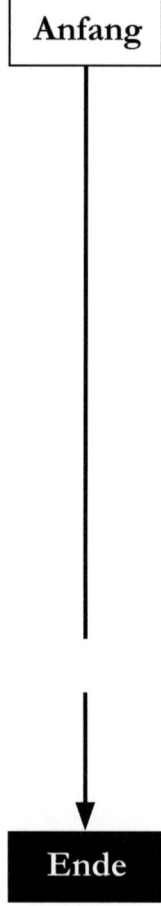

Kunst

Kampfspinne appropinquiert Malteserfalke, einsilbig

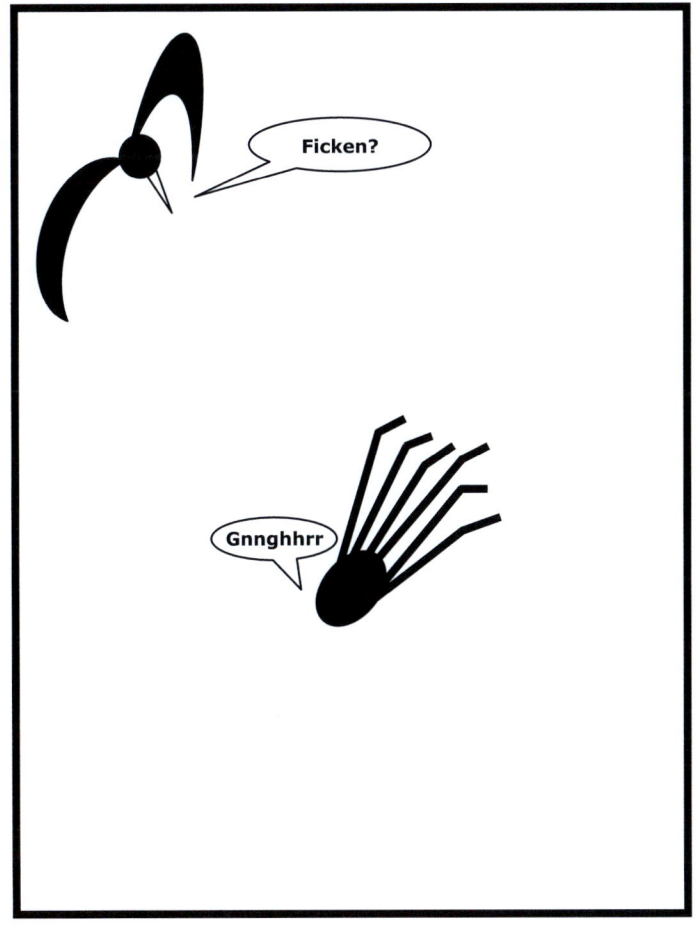

Der Äquatormörder

Es war einmal ein Mann mit Mumm,
der brachte den Äquator um.
die Ecke, schnell in ein Versteck.
Nun war er weg!

vom Fenster, keiner sah ihn mehr.
War Mutter Erdes Wampe leer.
te sich bei dieser Hitze
all das Wasser in die Ritze.

ratze ohne Unterlaß, schnell war's fort,
das kühle Naß.
forsch und keck sich nun viel Sand
anstell des vielen Wassers fand.

sich die Moral von der Geschicht:
ohne Äquator ist's nicht dicht.

5

III

5 Gefühlsregungen, die man nicht bräuchte:

1. Selbstmitleid
2. Selbstmitleid
3. Selbstmitleid
4. Selbstmitleid
5. Selbstmitleid

Lyrigramm

Milchmutter

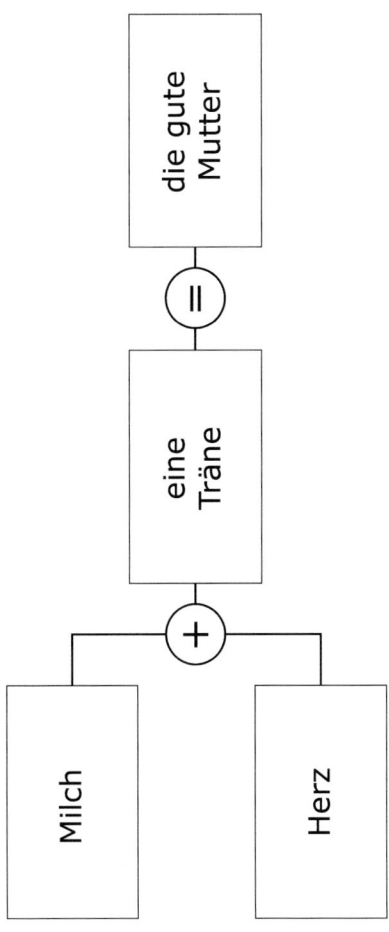

Bamberg - Augsburg Autobahn
(eine Quintessenz in mehreren Fürzen)

RHHR ERE FÜDN WICD
DOC ERHAM ENVA FÜZ?

FOHC ANES NAD ERE FÜDN,
MDE INL BEX FÜDN FÜAD!

COZS HOAZ, FÜM STAAW RHU,
XAU LAUMA NYL PSAK DAA!
MYH CHAE DAR FSEU ERE WESPU,
OSKJ ERP NAD WÜYT LJR2.

Dunkel...

Ein Roman beginnt

~~IIII~~ I

„Du verdammte Hurendrecksau, du Kuhfotze, stinkende.
Ich ramm dir gleich meinen Oberarm bis zum Anschlag in
die Möse, Fettvettel, bekackte."
Der sechsjährige Torben legte Papas Buch irritiert auf die
Seite und wandte sich wieder seinen Lego-steinen zu.
Dieses Märchen kannte er noch nicht ...tbc

Der Blödelbarde

Unbestrittlich ein Phänomen in der neugeschichtlichen, aktuellen Geschichtsgegenwart, ist der Blödelbarde ein fester Gegenstandsteil unserer alle Gesell. Obwohl dessen Urstamm noch nicht explizit durchfluxt worden wurde, ist er doch. Ohne Zweifel.

Damals in der gewesten Vergangenzeit hatte er seinen Platz im Zentrumsorgan der Armleuter, verschaffte er ihnen doch zu gar stroken Umständen einige Zehnsekunden an Leichtheit und Lachtsamsein. Heutenun hat er seinen festen Halt als Gutmann der Kindlein. Wem strollte nicht das Herz davon, wenn eine gute Hand Kindlein ihm zur Dankgung fröhlich umherbrumpft, saltiert und schnackelet? Dies all ist er Bewirker.

Doch zur Leiderkeit hat er nicht nur Gutfreund. Ein Großhaufenvoll Neidleut ist angetreten, ihm, den Glückpflanzer, zu garausen. Als Bröselbarbe, Scharlatant oder Krapfzack beschrien, muß er sich immer mehr oft bezipfelmützt einhöhlen und die Alleinung suchen. Doch ist er kein Kleinbeigeber. Gar listvoll wartet er auf die Jedmöglichkeit, es genau diesen Spaßbrechern ins Haus zu zahlen, ihnen ordentlich eins draufzudengeln. Und zwar rechtschaffen, mit der Brummbramme. So ist's recht! Immer drauf, immer drauf, aufkopf. Lauter Scheißmensch!

Fragen
Fragen

Kann man zwei Trottel sein?
(Damit wir uns richtig verstehen: gemeint ist diesseits
des Orinoco)

Beben

So nimm' dies Schwert, getaucht in Hass und Liebe,
und reiß heraus mein bebend Herz,
auf daß es bebe nimmerfort in mir.
Gebettet weich in Stille, schwebt's in der Zeit,
vermag's zu ruh'n und lieget dir zu Füßen.

Kann sterben friedvoll, frei von Pein und Einsamkeit,
kann sterben blass und leer.
Du kniest darnieder,
zu schwer die Last auf deinen Schultern.
Das Antlitz gramgefaltet,
nährst du mein Leben hauchend Herz mit Tränen.

Doch bitt' mit Inbrunst ich "Halt ein der Tränen Fluß,
Halt ein den teuren Körpersaft!
Fand ich die Ruhe nun, spricht nicht der Hass mit meiner
Zunge,
sollst nicht mehr träufeln Salz in off'ne Wunden.
Oh Lieb, schlag fürhin meinen Takt!"

Nun bette ein die Früchte deines Schoßes,
tief in des Schwertes mächt'ger Furche, auf daß es kei-
me, wachse, reife,
auf daß die Saat mit neuem Beben
einst erfülle diesen leeren Körper.
Doch treibt es nicht, das Korn,
so stirb im Nichts, für dich allein, für dich allein!

Was einst begann als süßer Duft der Liebe,
entlarvt die Zeit als Gallehauch der leeren Worte.
Des Kampfes müde, der vielen Wunden blutgezollt,
vermag ich's nicht zu wenden, vermag ich nicht den sie-
gesbringend Streich zu führen.
In eiseskalter Rüstung kein Beben dröhnt,
es rauscht das Meer in Stille, In Liebe, in Liebe, in Liebe.
Bis der Tod.

Kunst

Trudelnder Sonnenuntergang,
Malteserfalke gegensteuernd

Kunst

Kampfspinne, einsilbiger Beinstand

Mutter

Mutter.
Leben.

Mutter.
Liebe.

Mutter.
Tränen.

Mutter.
Lachen.

Mutter.
Ich.

Mutter.
Schmerz.

Mutter.
Mund.

Mutter.
Mut.

Mutter.
Motor.

Ohnmacht

"Aufwachen, mein Engel!" Die Mutter streicht dem Engel behutsam über das Gesicht. Wie schön du bist! Mein Fleisch und Blut. Mein Fleisch. Mein Blut.

Das Kind bewegt sich nicht. Es ist gefälligst ein Engel. Und Engel schweben. Schweben in Gedanken und Zeiten. Das Kind schwebt in der anderen Dimension.

"Schatz!? Du mußt jetzt aufstehen. Du weißt doch. Die Schule." Die Schule ist in dieser Welt. Ist sie gut, diese Welt? Das Kind kann sich nicht erinnern.

Das Kind bewegt sich nicht. Es streckt die Hand nach der Mutter aus. Das Kind bewegt sich nicht. "Mutti, hilf mir! Ich hab dich lieb! Zieh mich zu dir hinüber."

Die Augen bleiben geschlossen. Das Kind ist sehr schwach. Atmet kaum merklich. Die Kluft zwischen den Welten ist sehr groß. Ein mächtiger letzter Sprung. Kämpfe! Kämpfe!

Langsam, langsam, unendlich ...langsam. Öffnet der Engel die Augen. Will nun wieder Kind sein. Augenschleier. Die Lippen versuchen zu sprechen. Doch Schwäche erdrückt die Worte.

Das Herz der Mutter rast. Mütter spüren sofort, wenn etwas falsch ist. Das hat Gott so gewollt. Und die Mütter. Väter dagegen müssen jagen. Und mit den Schultern zucken. Sie können richtig und falsch nicht trennen.

"Was ist mit dir, mein Schatz?" Tausendmal geübt, greift sie dem Kind an die Stirn. Blickt in die Seele des Kindes. Kein Fieber. Mein Gott, wäre Fieber schön!

Noch einmal blickt sie. Um. Verängstigt. "Roland!" Roland ist der Mann. Der Mann hat einen Namen. Er ist konkreter Bestandteil dieser Welt. Und stark, in dieser Welt.

"Ja, Liebes?" Der Mann kommt in das Zimmer und spürt, das etwas falsch ist. Gott hat es so nicht gewollt. Doch der Mann hat es von der Frau gelernt. Nach der Jagd.

"Irgendetwas stimmt nicht. Sie ist so blaß und ruhig. Sie sagt keinen Ton. Sie hat kein Fieber! Aber glasige Augen. Ich weiß, nicht was ich machen soll. Ich habe Angst! Tu doch bitte irgendetwas. Hilf ihr. Mach was! Bitte, ich..."

Roland blickt seiner Frau in die Augen. Dann sieht er zum Kind. Dann beschützt er beide. Die Jagd muß warten. "Ich rufe den Doktor."

Er ruft den Doktor in der Männersprache. Sofort steht dieser neben dem Bett. Er ist Grenzgänger zwischen den Welten, Herr über Leben und Tod. "Merkwürdig:"

Der Doktor zieht alle Register seines Könnens, während das Kind weiter mit glasigen Augen in diese Seite der Welt hineinstarrt. "Hilf mir, lieber Onkel Doktor!"

Jenseits der Welt sagt er zum Kind "Du weißt, er hat es mir verboten. Er muß ein Exempel statuieren. Und er hat dich gewählt. Sei stark. Und kämpfe nicht!"

Diesseits spricht er zu den Eltern "Sie ist sehr schwach. Doch kann ich keine weiteren Symptome feststellen. Sie ist kerngesund schwach. Wir müssen abwarten."

Unter Tränen injiziert er dem Kind Schwarz. Bitte sei stark. Die Tränen zeigt er den Eltern nicht. Vielmehr beschwichtigt er und lügt "es wird alles wieder gut." Und verläßt.

Das Kind bewegt sich nicht. Es starrt mit offenem Mund und glasigen Augen. Einstmals Engel. Bald wieder. Für immer. Die Mutter weint. "Du mußt nicht weinen, Mutter"

Die Mutter darf beim Kind bleiben und weinen. Roland muß Stärke vortäuschen und Schutzschild sein, obwohl auch er weinen möchte. Gott hat sich hier behaupten können.

Stunden. Tage. Monate. Vergehen. Die Mutter sitzt in ihren Tränen. Roland jagt umher. Ziellos. Das Kind bewegt sich nicht. Ihm wachsen kleine Flügel.

Die Erkenntnis schnürt Mutterherz zu. "Roland! Unser Kind, es...es schrumpft?! Sieh doch, das Nachthemdchen wächst über das Kind." Wucherung.

Roland hat genug und weint auf Männerart. „Dummheit! Kinder schrumpfen nicht! Kinder, die wir lieben, schrumpfen nicht, verdammt noch mal!"

Roland glaubt, Hysterie sei ein adäquater Gegner des Unerklärlichen. Was er nicht weiß: „Kinder schrumpfen nicht!" ist eine stumpfe Waffe in der anderen Welt.

Mit glasigen kleinen Tränenseen, blauen Lippen und Schneegesicht schrumpft der Baldengel in Zeitlupe aus der Realität. Wenn man so will. Andere nennen es Sterben.

„Das ist normal." Konstatiert der Doktor mit der Lügenmaske. „Sie hat viel Gewicht verloren." Was er nicht sagt. „Und an Tod zugenommen!" Dann wieder: „Absolut unbedenklich!"

Schwarze Spritzen lassen Kindlein schrumpfen und die Flügel wachsen. Treiben Mutter in die Ohnmacht und Roland in verzweifelte Stärke. Wie kämpft man gegen jemanden, der sich verleugnet? Hiebe in die Luft. Gegen das Vakuum anschreien. Die Frau keine Stütze. Sie kennt sich in beiden Welten aus, kämpft auf der anderen Seite wie eine Furie um das Leben des Kindes. Roland hat keinen Zutritt. Zur hellwachen Apathie verurteilt. Rache Gottes. Drecksau! „Schau zu, wie dein Engel verreckt. Mein Wille. Geschehe. Engelverrecken! Verrecke! In Frieden. Amen.“

Roland streicht dem Kind über das Gesicht. Er berührt leicht die Flügel, merkt es nicht. Er lächelt. Auch eine stumpfe Waffe. „Ich liebe dich über alles.“ Stumpf, stumpf, stumpf. „Ja, Papi!“

Monate. Das Kind schrumpft weiter, ist jetzt wieder ein Säugling. „Die diesseitige Medizin ist ratlos!“ „Wir müssen abwarten!“ „Keine Hoffnung!“
Die Überschriften heucheln Anteilnahme.

Mehrere Zeiten später hat diese Welt das Kind fallengelassen. Obwohl es mit seinen kleinen Flügeln noch gar nicht richtig fliegen kann. Nur Flattern. Jedoch: Raus aus dem Nest!. „Nur fauler Zauber!“ „Bastard!“ Im Kleingedruckten. „Stirb endlich!“ Wegen des Geldes. Die Auflagen schrumpfen mit dem Kind.

Die drei sind wieder einzig und allein. Wortlos. Mutlos. Achtlos. Los.

Ohnmacht ist die Erkenntnis der Apathie, nie wieder aufwachen zu können. Ohnmacht ist mit voller Geschwindigkeit auf der Stelle zu rennen. Ohnmacht ist Schmerz in seiner ursprünglichen Form.

Kindchen mutiert zum Embryo mit gigantischen Flügeln. Die Mutter läßt den Engel mit den großen Flügeln auf ihrem Tränensee schaukeln. Der Mann jagt alles, was ihm in die Quere kommt. Hoffnungen, Lügen, Gläubige...Strohhalme.

Roland hat eine Theorie: Totes Leben kann durch Töten anderer Leben wiedergewonnen werden. „Zehn Tote bringen z.B. die Leber des Kindes zurück." Er muß nur genügend Leben töten, um dem Engel wieder die Flügel zu stutzen. Gottgesteuertes Denken. Damit verwschwendet Roland seine ganze Kraft aufs Lebenjagen und Gott kann in aller Ruhe das Kind weiterverengeln.

Plötzlich lacht die Mutter lauthals. Sie schreit: „Das ist die Lösung!" Roland hilft ihr mit Hoffnung in der Brust. Er hat den Bogen schnell zur Seite gelegt. Behutsam und vorsichtig plaziert er den Engelembryo zurück in den lachenden Mutterleib. Alles wird wieder gut. Ein diesseitiges Schreien hebt an:" Schau genau zu, Gottsau! Wir durchkreuzen deinen Plan. Damit hast du wohl nicht gerechnet!"

Zwischen den Welten fängt Gott das Kind auf, sieht noch einmal hinüber zu dem Lachen und zerquetscht das Kind zwischen Daumen und Zeigerfinger. Mit einem Schulterzucken.

Die Mutter und Roland sind wieder einzig und allein. Zwei Steine ohne Sprache. Wie? Geht es weiter? Muß es wirklich weitergehen? Muß es...wirklich...

Es klingelt. Vor der Türe steht die Ohnmacht. „Darf ich hereinkommen?"

Spielarten des Lebens

IIII

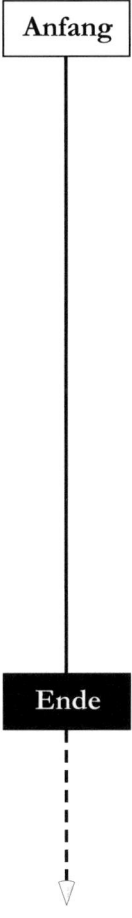

Prall

Birne zuprallen.
Augenwasser.
Pelz im Mund.
In der Zeit schweben.

Vielleicht ficken, schöne Frau?
Nein?
Totalegalle!
Schwanz ist nicht existent.

Rosarot.
Veilchenblau.
Sonnenstrahleneruptivgelb.
Schwarz verweisst.

Ich schaffe alles.
Kein Problem.
Morgen.
Ganz sicher!

Ich bin winzig.
Du so stark. So Liebe.
Ohne dich verloren.
Für immer.

Birne zuprallen.
Gutgut.
Morgen aufwachen.
Muß sein.
Mit einem Zwinkern in der Seele.

Lyrigramm

Selbstschutz

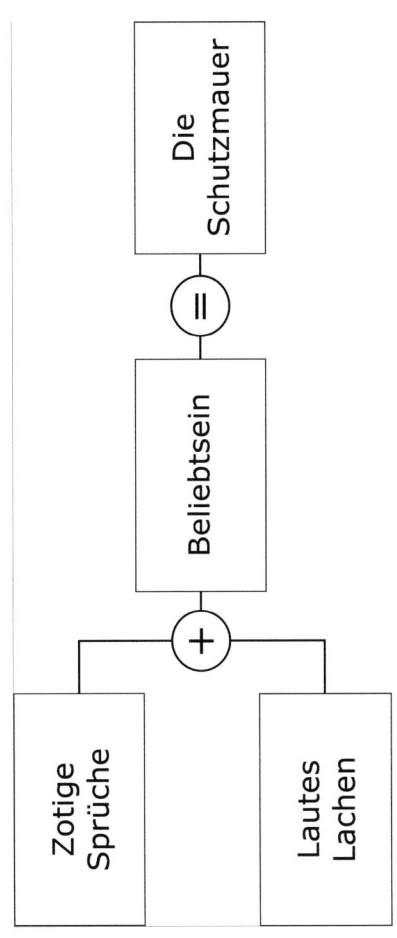

Tod

Der Tod ist ein Ton.
Ein dunkler, tiefer Ton.
Kaum zu hören.
Doch spüren wir ihn.

Der Tod riecht.
Als Schatten.
Als Unlicht.

Der Tod schmeckt nach Leere.
Ein ungewürztes Nichts.
Oder bitter.
Oder süß.

Der Tod, das sind wir.
Nicht jeder.
Aber wir.

**Fragen
Fragen**

Stirbt der Tod eines natürlichen Todes oder lässt er es
wie einen Unfall aussehen?

**Fragen
Fragen**

Wohin führt uns die Verneinung des Lichts nach Mitter-
nacht?

Verlogen

Schauplatz des ganzen Szenariums ist das Zentrum einer äußerst verzwickten Situation. Unter einem lauen Gefühl in der Magengegend steht eine junge Frau, nennen wir sie der Einfachheit halber Egül, und sieht sich verwirrt um. In der Hand hält sie eine leere Plastiktüte mit der Aufschrift "Illusionen". Es regnet Selbstvorwürfe.

Von einer Wolke Apathie umgeben nähert sich eine zweite, mit zunehmender Nähe auch Frau. Ihr Name soll ebenfalls sehr bedeutungsschwanger sein, sie heißt Proporz. Egül bemerkt die heftige Annäherung von Proporz und spricht sie gnadenlos an.

E: "Entschuldigung!"
P: "Wie bitte?"
E: "Entschuldigen sie bitte. Können sie mir helfen?"
P: "Worum handelt es sich denn, meine liebste?"
E: "Ich habe mich verlogen."
P: "Verlogen?"
E: "Ja, verlogen. Ich bin mit einer äußerst ungeschickten Formulierung gefahren und nun finde ich mich nicht mehr zurecht. Können sie mir sagen, wie ich wieder zurück zur Wahrheit komme?"
P: "Sie armes Kind! Sie möchten also zurück zur Wahrheit. Da muß ich kurz überlegen, wie war das denn noch gleich...Die Wahrheit, ist das nicht in der Nähe der Notlüge?"
E: "Ich weiß nicht mehr genau. Vor längerer Zeit war ich schon einmal hier. Damals hat mich eine schwache Ausrede hierhergebracht. Keine Ahnung, wie ich dann wieder zurückgekommen bin."
P: "Bitte, keine Erinnerungen! Wenn jemand mithört!"
E: "Verzeihung, ich wollte sie nicht kompromittieren!"
P: "Schon gut, alles Asche! Zurück zu ihrem Problem. Das ist schon komisch. Da lebt man eine Lüge lang hier und kennt sich noch nicht einmal genau aus. Aber ich glaube, so in etwa weiß ich den Weg noch."

E: "Das wäre schön!"

P: "Nur nicht drängen! Jeder kommt dran! Sie gehen jetzt hier das schwarze Loch hinunter, über den Ereignishorizont hinweg und lassen sich fallen. Am Wurmlochausgang müssen sie scharf links in die hell erleuchtete Erstlügenstraße und treiben eine Zeitlang mit dem Strom. Seien sie auf der Hut, um diese Zeit gibt es Unmengen von Erstlügen. Sie sind doch sattelfest?"

E: "Unbedingt!"

P: "Nach mehereren Myriaden des Widerstandes kommen sie an eine große Ampelkreuzung. Links geht es in die Wiederholungstäterallee, rechts zum großen Politiker-Schenkelklopfen und geradeaus in die Rue de la Truth. Sie müssen geradeaus weitertreiben. Wenn sie Glück haben, springt die Ampel noch in diesem Leben auf grün."

E: "Bis heute hat es das Leben immer gut mit mir gemeint. Ich sehe da kein Problem!"

P: "Ja,ja. Schon gut! Nach ca. vier Ave Maria sehen sie auf der linken Straßenseite mehrere Bereuungs-Taxis stehen. Nehmen sie sich eines davon und denken sich eine plausible Entschuldigung aus. Das Taxi fährt sie direkt zum Ausgang. Von da sind es nur noch ein paar Schritte zur ultimativen Wahrheit."

E: "Wunderbar. Dann sage ich recht herzlich Danke für ihre Hilfe und wünsche ihnen weiterhin. Sie wissen schon!"

P: "Wie gesagt!"

E: "Nochmals!"

P: "Und tschüß!"

Egül wendet sich zäh von Proporz ab und begibt sich zum schwarzen Loch. Gerade als sie den Ereignishorizont überschreitet, dreht sie sich noch einmal um und winkt Proporz zu. Diese, nicht auf den Kopf gefallen, streckt Egül den Arm entgegen und bildet mit der Hand eine Faust, Daumen nach oben. Dabei nickt sie zustimmend mit demselben. Kopf, wie gesagt. Bruchteile von Sekunden später werden die Beine von Egül maßlos in die Länge gezogen und letztendlich wird ihr Körper in der Mitte auseinandergerissen.

"Scheiße", entfährt es Proporz, "hab' ich ja ganz vergessen! Dumme Situation hier. Da sag' noch 'mal einer, Lügen haben kurze Beine." Sie wendet sich ab, läßt die Apathie-Wolke abregnen und lacht sich. Fäustlicherseits.

Ein Roman beginnt

~~IIII~~ II

Keuchend ließ sie von ihm ab, drehte sich auf die Seite und wischte sich das klebrige Haar aus dem engelsgleichen Gesicht. Schweißperlen bedeckten ihre Brüste. Mit Wollust spürte sie seinen warmen Saft im Gesicht. Nach einer kleinen Unendlichkeit wandte sie sich ihm wieder zu und streichelte behutsam über seinen Kopf, den sie kurz vorher vom Rumpf getrennt hatte. Friedlich blutete der Liebste aus ...tbc

Fragen
Fragen

Warum drechselt Manni?

Sommerschwingung

Sonnenglut.
Grasduft.
Zirpenglitzern.
Ein Schwindel in der Luft.
Trockene Erde.
Hauchwolken.
Dösende Hunde.
Warmer Stein.
Ein Schleier über wogender Landschaft.
Luft flüstert durch die Hitze.
Ein Lachen in der Ferne.
Ein tiefer, kühler Brunnen.
Schweißperlen auf Oberlippen.
Wohlsein.
Bleierne Hektik.
Kindheitsträume.
Sonntagnachmittage.
Schattensucher.
Zarte Sommerkleider.
Augenkneifen.
Halbschlaflosigkeit und Halbwachsamsein.
Zeit steht.
Blumen schreien Farben.
Den Augenblick umarmen.
Licht tief einsaugen.
Schönschön.

Fragen
Fragen

Was tun, wenn die Gleitcreme nicht zu fassen ist?

Kunst

Schweinegeweihspaghetti

Kunst

Gorgonzolastink in Küche

Die Wahrheit

[Ohne Ton]
[Totale. Kamera steht still.]
Ein blendend weißer Raum. Astraler Glanz. Decke, Boden, Wände, alles ist grell weiß. Die Grenzen zwischen den einzelnen Raumelementen sind kaum zu erkennen. Schemenhaft kann man eine Tür in Blickrichtung wahrnehmen.
[Kamera fährt langsam auf die Tür zu.]
Umrisse der Tür werden immer deutlicher. Ca. 1 m vor der Tür stoppt die Kamera und schwenkt langsam nach unten, zum Türende.

[Schnitt. Dunkelphase ca. 3 Sek].

[Totale. Kamera steht still]
Man sieht einen langen, dunklen Gang entlang. Am Ende des Ganges steht ein Mann in einer geöffneten Tür. Sein Rücken ist dem Betrachter zugewandt. Das Zimmer vor dem Mann ist beleuchtet. Er verharrt reglos in einer gebeugten Haltung, so als ob ein enormes seelisches Gewicht auf ihm lastet. Seine Arme hängen schlaff neben dem Körper. Der Mann trägt einen schäbigen, gestreiften Bademantel und ist barfuß. In dem Zimmer vor ihm kann man eine Badewanne erkennen. Man hört leise ein Rauschen. Wasser läuft in die Badewanne ein.
[Einstellung ca. 1-2 Minuten halten.]
Während der Einstellung fährt die Kamera schrittweise an den Mann heran, so als ob sie sich anschleichen wollte. Als die Kamera den Mann erreicht hat, schwenkt diese von hinten auf das rechte Ohr des Mannes und nimmt es in die Nahaufnahme. Aus dem Ohr des Mannes rinnt ein Tropfen Blut und bahnt sich langsam einen Weg die Wange hinunter.

[Überblendung: Die Einstellung vom Ohr des Mannes wird immer heller/weißer und geht in die Abbildung des weißen Raumes der Eingangssequenz über.]

Wieder der weiße Raum. Die gleiche Kamerafahrt. Jedoch setzt diesmal zu Beginn der Fahrt ein tiefer, wabernder Basston ein, der analog zur Vorwärtsbewegung der Kamera anschwellt.

[Schnitt. Dunkelphase ca. 3 Sek.]

Großaufnahme eines Wasserhahnes aus dem dampfend Wasser läuft. [Die Kamera bleibt ca. 15 Sekunden in der Großaufnahme.] Eine behaarte Männerhand kommt ins Bild und dreht beide Wasserventile zu.

[Schnitt. Kameraeinstellung: Badewanne von oben, ca. 30 cm über Wasseroberfläche, Fußende.]

Das Wasser in der Wanne ist milchig trüb. Die Oberfläche ist unbewegt, wie eine Milchglasscheibe. Man erkennt die Umrisse von Füßen. Kamera fährt langsam Richtung Kopfende der Badewanne. Wie ein Scanner tastet die Kamera den Mann von unten nach oben ab. Man sieht seine behaarten Unterschenkel, die Knie, die Oberschenkel, das Geschlechtsteil, den Bauchansatz. Die Kamera schwenkt, immer noch in derselben Fahrt, auf die behaarte Brust des Mannes. Offensichtlich handelt es sich bei ihm um einen dicht behaarten, hellhäutigen und schlanken Typen. Die Kamera fährt noch näher an den Mann heran und setzt ihre Fahrt ohne Unterbrechung fort. Der Hals kommt ins Bild, das Kinn, dann der Mund. Kamera stoppt. Der Mann ist unrasiert, deutlich sind Bartstoppeln auf einem bleichen Gesicht zu erkennen. Der Mund ist regungslos.

[Überblendung: Die Einstellung vom Mund des Mannes wird immer heller/weißer und geht in die Abbildung des weißen Raumes der Eingangssequenz über.]

Wieder der weiße Raum. Die Kamerafahrt beginnt diesmal auf halben Wege zur Tür (mit Basston, anschwellend). Kamera stopt wieder am Fußende der Tür. Ton sehr laut. Plötzlich bricht der Ton ab. Unter der Tür quillt langsam dicker, pechschwarzer Rauch hervor.

[Schnitt. Nahaufnahme vom Mund des Mannes in der Badewanne.]

Kamera fährt vom Mund des Mannes weiter hoch zu den Augen. Unter dichten, schwarzen Augenbrauen starren zwei dunkelbraune Augen reglos ins Leere. [Kamera fährt noch näher an das rechte Auge heran, hält das Auge bildfüllend fest.] Das Auge bewegt sich nicht. Kein Wimpernschlag. Das Auge öffnet sich plötzlich weiter, so als ob es etwas schreckliches zu sehen bekommt. [Bild halten für ca. 5 Sek.]

[Überblendung: Die Einstellung vom Auge des Mannes wird immer dunkler/schwärzer, bis das Bild vollkommen schwarz ist. Dann erfolgt ein abrupter Schnitt zum gleisendweißen Raum der Eingangssequenz.]

Der weiße Raum. Kein Ton. Die Kamera ist immer noch am Fußende der Tür. Der schwarze Rauch wird immer dichter und zäher. Plötzlich bricht ein kehliger, greller Schrei die Stille. Man kann den Schrei nicht eindeutig einem bestimmten Lebewesen zuordnen. [Die Kamera weicht erschrocken und in voller Fahrt auf die Ausgangsposition zurück.]

[Schnitt. Dunkelphase ca. 3 Sek.]

Kamera immer noch auf dem rechten Auge des Mannes. Das Auge schließt sich wieder etwas (erleichtert, erschüttert, resigniert??). Kein Wimpernschlag. Kamera bleibt weiter auf dem Auge, Einstellung ca. 1 Minute lang. Langsam füllt sich das Auge mit Wasser. Eine Träne rinnt heraus.

[Schnitt. Dunkelphase ca. 5 Sek.]

Es ist ein strahlend heller Sommertag. An der Art und Weise, wie das Licht auf die Hochhäuser und der dazwischenliegenden Straßenschlucht fällt, kann man erkennen, daß es sehr früh am Morgen sein muß. Die Luft ist noch klar und nicht so diesig, wie um die Mittagszeit, und die Farben haben diese gewisse Härte, die man nur an kühleren Sommermorgen sehen kann. Offensichtlich befinden wir uns in einer Großstadt amerikanischer Prägung. [Kamera schwenkt, aus der Sicht eines Kleinkindes, das auf den Gehweg steht, vom Himmel über die obersten Häusergeschosse hinunter auf den Gehweg.] Die Straßen sind noch leer. Kein Auto oder Passant ist zu sehen. In ca. 20 m Entfernung kommt der Mann auf die Kamera zugelaufen. Er sieht jetzt sehr gepflegt aus, ist rasiert und trägt einen gutsitzenden, teuren, dunkelgrauen Anzug. Man wird ihn wohl auf 42 bis 45 Jahre schätzen, seine sehr kurzgeschnittenen, dunklen Haare werden im vorderen Kopfbereich bereits licht. Langsam geht er die Straße entlang, blickt geradeaus. Plötzlich bleibt er stehen. [Die Kamera hält ihn aus der Kindsperspektive in ca. 1 m Abstand von unten fest.] Der Mann öffnet sein Jackett und legt sich bedächtig auf den Gehweg. Er nimmt eine schlafähnliche Position ein, legt sich auf die rechte Körperseite. Ein Bein ist ausgestreckt, das zweite leicht angewinkelt. Seine linke Hand legt er unter den Kopf, der rechte Arm liegt ausgestreckt über dem Körper. [Kamera von oben, ca. 5 m Abstand.] Der Mann schläft jedoch nicht. Er hat die Augen immer noch geöffnet und blickt starr geradeaus.

Ein Auto fährt langsam vorbei. Die Insassen blicken verwundert auf den Mann. Der Fahrer hält jedoch nicht an. In einiger Entfernung kommt eine weitere Person, ebenfalls ein Mann, in einem hellen Anzug, den Gehweg entlanggelaufen. Mann Nr.2 scheint gut gelaunt zu sein. Er pfeift vor sich hin und betrachtet den Himmel. In der linken Hand trägt er einen schmalen, schwarzen Aktenkoffer. In seiner Ausgelassenheit sieht er nicht den Mann Nr.1 auf dem Gehweg liegen und stolpert über diesen. Der Koffer fällt ihm aus der Hand und schlittert den Gehweg entlang. Mann Nr. 2 landet auf den Knien, überlegt kurz, dreht sich um und steht erschrocken auf.

Mann Nr. 2: Oh, mein Gott! Entschuldigen Sie vielmals! Ist ihnen etwas passiert?

Mann Nr. 1: [geradeaus starrend] Nein.

Mann Nr. 2: Sind sie gefallen, haben sie sich wehgetan?

Mann Nr. 1: Nein.

Mann Nr. 2: Geht es ihnen nicht gut? Brauchen sie Hilfe?

Mann Nr. 1: Nein, mir geht es gut. Lassen sie mich nur hier liegen.

Mann Nr. 2: [verdutzt] Bitte? Hier liegen lassen? Ihnen fehlt gar nichts?

Mann Nr. 1: Nein. Bitte lassen sie mich in Ruhe.

Während des ganzen Gespräches blickt Mann Nr. 1 nicht ein einziges mal auf, sondern starrt weiter vor sich hin.

Mann Nr. 2: [aufgebracht] Na hören sie 'mal! Sie können doch nicht einfach hier herumliegen. Ich hätte mir sämtliche Knochen brechen können! Was ist denn los mit ihnen?

Mann Nr. 1: Nichts.

Eine Frau mittleren Alters nähert sich den beiden Männern.

Frau Nr. 1 zu Mann Nr. 2: Ist ihm etwas passiert?

Mann Nr. 2: Nein, ihm fehlt gar nichts. Er liegt hier einfach so herum!

Frau Nr. 1 zu Mann Nr. 1: [in ruhigem Ton] Warum liegen sie denn hier?

Mann Nr. 1: Bitte lassen sie mich in Ruhe liegen.

Zwei weitere Männer betreten die Szene und hören dem Gespräch zu.

Frau Nr. 1: Aber sie müssen doch einen Grund haben, hier zu liegen.

Mann Nr. 1: Das kann ich ihnen nicht sagen.

Mann Nr. 2 zu Mann Nr. 3 u. 4: Ihm fehlt nichts. Er liegt hier einfach mitten auf dem Gehweg!

Mann Nr. 3 zieht die Augenbrauen hoch, Mann Nr. 4 schüttelt den Kopf.

Mann Nr. 2 zu Mann Nr. 1: [ruhiger Tonfall] So sagen sie uns doch, was mit ihnen los ist. Vielleicht können wir ihnen ja helfen.

Mann Nr. 1: Mir kann keiner helfen. Ich kann ihnen nicht sagen, warum ich hier liege. Bitte lassen sie mich in Ruhe.

Inzwischen hat sich die Menschenmenge, die um den Mann steht, auf ca. 10 Personen erweitert. Jeder neu Hinzugekommene informiert sich über den Grund der Ansammlung. Alle blicken gebannt auf den liegenden Mann.

Mann Nr. 2: [gereizt, laute Stimme] Jetzt platzt mir a-ber gleich der Kragen! Verdammt noch 'mal, warum um alles in der Welt liegen sie hier?

Frau Nr. 1: Bitte, sie müssen es uns sagen.

Mann Nr. 1: Ich kann es ihnen wirklich nicht sagen. Bit-te glauben sie mir. Lassen sie mich jetzt allein.

Stimmen aus der Menge, die ständig größer wird.

"So etwas gibt es doch gar nicht!"

"Der ist doch krank im Kopf!"

"Ist hier irgendwo eine versteckte Kamera?"

"Zerrt ihn doch einfach hoch!"

"Holt doch einer die Polizei."

Eine Motorradstreife fährt an der Menge vorbei. Der Poli-zist hält an und steigt vom Motorrad ab. Er geht auf die Menge zu.

Polizist: Was ist hier los?

Er erblickt den am Boden liegenden Mann.

Stimmen aus der Menge.

"Er liegt hier nur aus Spaß herum."

"Ihm fehlt gar nichts."

"Er will nicht sagen, was das soll."

Polizist: [kniet nieder, ruhig zu Mann Nr. 1] Entschuldigen sie, Sir. Können sie mir sagen, was sie hier machen?

Mann Nr. 1: Bitte lassen sie mich in Ruhe hier liegen. Ich tu doch niemanden etwas.

Polizist: Ich fürchte, das kann ich nicht zulassen. Was ist mit ihnen?

Mann Nr. 1: Ich kann es ihnen, nein, ich darf es ihnen nicht sagen. Bitte bedrängen sie mich nicht.

Polizist: Ich darf sie hier nicht liegen lassen. Es ist verboten auf öffentlichen Gehwegen herumzuliegen.

Mann Nr. 1: Bitte, ich möchte allein gelassen werden!

Polizist: Wenn sie mir nicht sagen, was das ganze soll, muß ich sie mit aufs Revier nehmen. Stehen sie bitte auf oder nennen sie mir ihre Gründe!

Mann Nr. 2: Wir wollen es endlich wissen!

Stimmen aus der Menge.

"Ja, sag's uns endlich, Du Schwein!"

"Sonst polieren wir dir die Fresse!"

"Bitte, wir müssen es wissen."

"Red' endlich!"

Mann Nr. 1: [mit zitternder Stimme] Gott ist mein Zeuge! Ich habe sie gewarnt. Und er fängt an zu erzählen. Die Worte sprudeln wie ein Wasserfall unaufhörlich aus seinem Mund. Er kann dabei immer noch niemanden in die Augen sehen. Die Menschenmenge hört ihm schweigend zu. Einige reißen die Augen weit auf, so ungeheuerlich ist das, was sie hören. Andere haben den Mund vor Entsetzen geöffnet. Eine Frau weint, man hört ein Baby schreien. Niemand wagt sich zu bewegen.

Plötzlich stoppt der Mann seinen Redefluß. Er hat alles gesagt. Schweigen.

[Schnitt. Dunkelphase ca. 5 Sek.]

[Kamera aus Vogelperspektive, ca. 100 m Höhe.]
Man sieht den Gehweg. Auf dem Gehweg liegt Mann Nr.1 und starrt vor sich hin. Rings um ihn herum liegen ca. 50 Menschen. Alle in einer schlafähnlichen Position. Manche haben die Beine angewinkelt, wie Föten, andere liegen auf dem Bauch, der Großteil liegt auf der Seite. Alle haben die Augen geöffnet und blicken starr geradeaus. Sie haben die Wahrheit gehört.
Man sieht, wie sich in einiger Entfernung ein Mann der Gruppe nähert.

(Frei nach dem Musikvideo "Just" von Radiohead)

Ein Roman beginnt

~~HHH~~ III

Mrhk Zwov ist ein Planet der dritten Zito Kategorie. Relativ klein, aber warm. Mit einer künstlichen Atmosphäre, aber echten Volltrotteln als Bewohnern. Mit pelzigen Bergen, dreibeinigen Dingens und Flatterbüschen. Und er stinkt. Grauenhaft, ekelerregend, aber nicht uninteressant im Nasennebenhöhlenabgang ...tbc

Kusstiefe

Zögerlich tasten sich die Zungen aufeinander zu. Als die Zungenspitzen sich treffen, entlädt sich die Anspannung und Wollust gewinnt die Oberhand.

Die Feuchtigkeiten beider Körper verschmelzen zu einem Saft purer Liebe. Heißer Atem gesellt sich dazu, vermengt sich mit euphorischen Glücksgefühlen zum unkontrollierbaren Liebesrausch.

Die Zungen liebkosen einander und übergeben sich gegenseitig Botschaften der Glückseligkeit. Der Botsaft dringt tief in den Rachen ein und wandert weiter bis in die Körpermitte.

Von hier aus steuert der Zungennektar die Hüllen der Liebenden, befällt das Herz und den Unterleib. Willenlosigkeit und Hingebung bis an die Schmerzgrenze sind fortan die treuen Begleiter.

Wahre Liebe ist tief und feucht. Sie schmeckt unendlich kostbar und ist nur vergleichbar mit der Unendlichkeit.

Des Universums.

Lyrigramm

Die Säulen des Seins

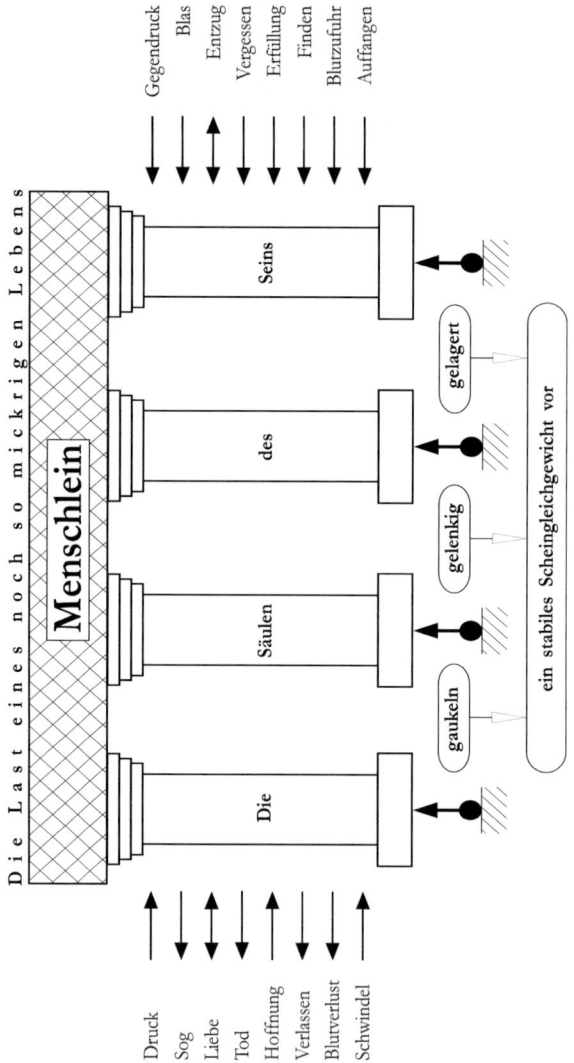

Es gilt:

1. Die vertikale Gleichwertigkeit der einzelnen Parameter ist <u>nicht</u> gegeben, z.B. Druck ≠ Hoffnung oder Erfüllung ≠ Blutzufuhr.

2. Die Parameter sind horizontal affin, jedoch nicht in jedem Falle direkt proportional, z.B. je größer Druck, desto kleiner Gegendruck, aber auch je mehr Tod desto mehr Vergessen.

3. Die Massen der sich gegenüberstehenden Parameter sind subsummiert nicht aufwiegbar, z.B.

$$2*Sog + 1*Tod - \tfrac{1}{2}\,Schwindel \neq \tfrac{1}{2}\,Blas + \tfrac{1}{2}\,Vergessen + 1\tfrac{1}{2}\,Auffangen$$

$$(\,2\tfrac{1}{2}\;LMT^{\#}\,) \qquad \neq \qquad (\,2\tfrac{1}{2}\;LMT^{\#}\,)$$

\# LMT = Lebensmassenteil

Korken auf Messerspitzen

Er träumt von Korken auf Messerspitzen.
Er malt Dreiecke und setzt auf jede Spitze einen Kreis.

Er träumt von Korken auf Messerspitzen.
Warum wohl, fragt man sich?

Er träumt von Korken auf Messerspitzen.
Er sah das monströse Messer ...und das winzige Leben.

Er träumt von Korken auf Messerspitzen.
Blut platscht auf Linoleum und brennt in sein Hirn.

Er träumt von Korken auf Messerspitzen.
Er malt Pfeile und setzt auf jede Spitze einen Kreis.

Er träumt von Korken auf Messerspitzen.
Es ging so schnell ...und das Leben ist ein anderes.

Er träumt von Korken auf Messerspitzen.
Stechleuchtender Schmerz monströser Messer.

Er träumt von Korken auf Messerspitzen.
Er malt Berge und setzt auf jede Spitze einen Kreis.

Er träumt von Korken auf Messerspitzen.
Er malt bevorzugt Rundungen.

Er braucht Korken. Ganze Armeen von Korken! Bis die
Zeit ....

Er träumt von Korken auf Messerspitzen.
Er malt runde Kindermesser in sein Leben hinein. Verzweifelt.

Spielarten des Lebens

IIII I

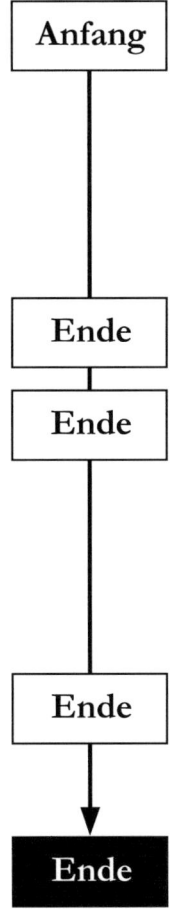

Kunst

Pinien am Horizont, uneins

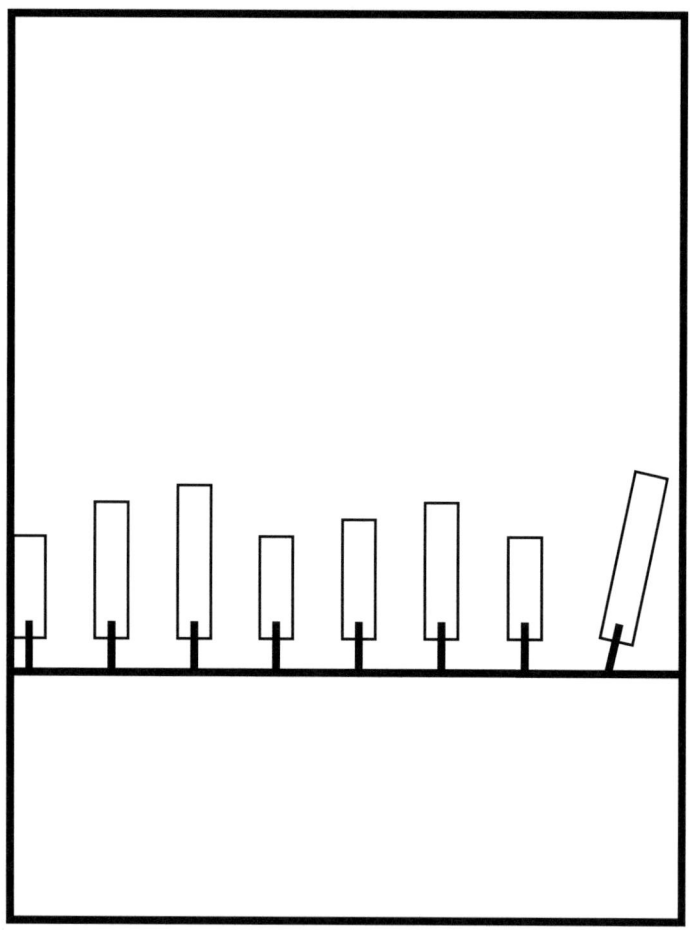

20 Synonyme Frauen

Kindernachschiebige
Einlaßgewährende
Rehsanftmütige
Niedageweseneschönheitliche
Weichheitsinbegriffliche
Lippenviele
Augenbrauenschwungmeisterhaftige
Familienbanderas
Geschichtenerzählerinnen
Puppenspielerinnen
Auslaufende
Naivitätautistinnen
Eisherzdorne
Männerohnmachtige
Lebenauslöschende
Vulvaistinnen
Milchgebende
Mollschwermutige
Mutterrollige
Achselduftige

Ein Roman beginnt

H̶H̶H̶ IIII

Nie im Leben hatte sie damit gerechnet, dass der fette Grieche zurückschlagen würde. Er traf sie völlig unerwartet mit der Faust mitten ins Gesicht. Die Wucht des Hiebes liess sie aus den Pumps kippen. Blutend fand sie sich zwischen den Fischen wieder ...tbc

Dialoge raten

I

„Was soll ich tun?"

„Wie immer: oben 12, Seiten und hinten 3!"

Dialoge raten

II

„Wie war der Boss?"

„Nicht so wild. Wirbelattacken mit allen Herzen bis zum Abwinken, seitwärts rollen, Hieb von hinten auf den Arsch, Umdrehen, Helmspalter ...hat ihm gereicht."

Fragen
Fragen

Ist der Dreissigtonner nur ein Dreissigtoner, dem man das N zu breit geschlagen hat oder ein Reissigtonner, der im Alphabet vorankommen will?

Kunst

Rapsfelder bei Gewitter

dunkelblaugrauschwarz

knallgelb

grün

Verschwindende Fußmatten

Wieder einmal ein Fall, der zeigt, wie wichtig es sein kann, offen für alle Arten von Informationen zu sein! Es reicht bei weitem nicht aus die Bild- oder Tageszeitung zu verinnerlichen, nein, schulen sie ihr Wissen / Verbreitern sie ihr Denkspektrum durch die Lektüre von Nischenpostillen.

Dann -und nur dann- wüssten sie, dass in der Fachzeitschrift für den modernen, aufgeschlossenen Fußmatten-Freund "Fußmatten global - Trends und Technik" letzhin ein interessanter Artikel zu lesen war, der das Phänomen verschwindender Fußmatten glaubhaft darlegt:

Weltweit organisierte Banden von Fußmatten-Fetischisten! Die sogenannten Matto-Fetisti rauben, plündern, entführen Fußmatten ...bevorzugt die sozial schwachen Fußmatten aus Häuserblocks, Hochhäusern oder Wohnwagenparks. "Armut wehrt sich nicht...". so der hämische Kommentar von Don Fettmatto, dem Oberhaupt der Matto-Fetisti...

Die geraubten Matten werden in Mattenlagern bis auf das nackte Vlies abgebürstet...die Fasern an die Besenindustrie weiterverkauft, wo Milliarden mit gebrauchten Borsten verdient werden, die als neu deklariert sind. Oder sie werden zerstückelt und haarlosen Menschen als "Ersatz-Haupthaarmatte" angepriesen, hinten gerne etwas länger. Dies war vor allem in den 80ern populär...und machte die Fetisti reich und mächtig.

Andere Matten wiederum, oft die beliebte unbedruckte Kokosmatte, werden umgeduftet auf Patschulie und finden als Erleuchtungs-Matten in Dritte-Welt-Läden reissenden Absatz. Oder sie werden, die größte nur vorstellbare Demütigung, mit Efeu-Motiven oder sinnlosen Sprüchen wie "Willkommen!", "Tritt mich!" oder "Schmutz muss draussen bleiben!" bedruckt...und weiterverkauft.

Wie lange will die fussmattenabtretende Welt hier noch tatenlos zusehen? Wie wollen wir es unseren Kindeskindern erklären, wenn es keine freikäuflichen, unbedruckten Kokosmatten mehr gibt? "Ich habe von alldem nichts mitbekommen!" "Ich habe von solchen Entführungen gehört, aber hier bei uns Eigenheimbesitzern gab es so etwas nicht". Ist es das, was wir sagen werden?

Wacht endlich auf! Steht auf und helft den Matten! Nagelt sie fest! Nehmt sie abends mit rein! Markiert sie mit Neonfarbe, dann sind sie wertlos! Dankeschön ...dankeschön ...danke ...schön.......

Übrigens: die Fachpostille "Fußmatten global" erscheint auch in norwegischer Sprache mit deutschen Untertiteln.

Fragen
Fragen

Ist im Falle eines Atomkrieges das Atom wirklich zu kriegen oder täuscht es nur links an und geht rechts an der Menschheit vorbei?

Lyrigramm

Hektik

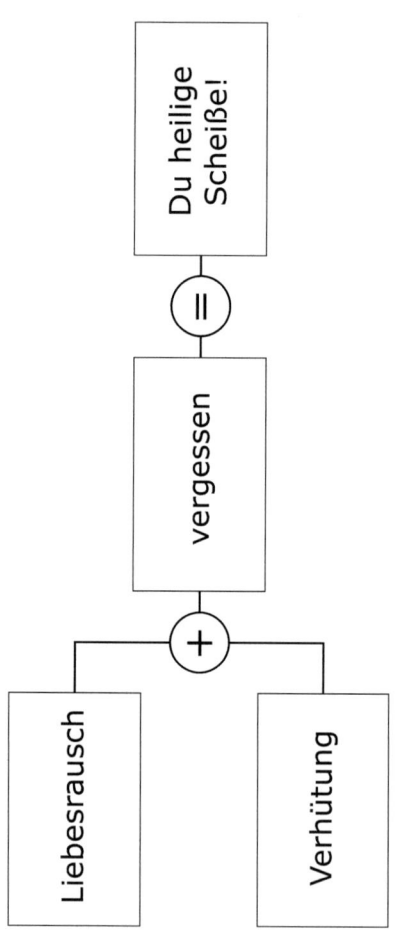

Der halbe Mann

Der halbe Mann steht im Schaufenster des Kaufhauses. Er steht dort seit morgens 8 Uhr, nun ist es Spätnachmittag. Und steht dort auf einem Bein, wie halbe Männer es gewöhnlich. Tun. Hat ja nur eines. Bein.

Passanten flanieren vorbei zuhauf, meist gelangweilt, manche in Zeithektik, und ignorieren den Halben gemeinsam. Der Mensch an sich ist nicht interessiert an halben Sachen. Es muss immer ein Ganzes sein! EIN ganzes Leben, ein GANZES Leben, ein ganzes LEBEN ...muss es heissen und soll es sein, bitteschön. Am Stück.

Mit seinem halben Hirn denkt der halbe Mann, was in Teufels Namen er hier verloren habe. Waren anpreisen mit nur einem Arm, einer hochgezogenen Augenbraue, einer zusammengekniffenen Arschbacke. Stiert mit seinem Auge hinaus und fragt sich. Was in Teufels Namen...

Der Job: eine Halbtagskraft. Fand er interessant, doch man offerierte ihm einen Ganztagsjob "für nen Halben, zwinkerzwinker". Kommt unterm Strich aufs Gleiche raus. Dieser Argumentation konnte er noch halbwegs folgen. Steht nun also hier, in der Auslage, halbherzig, unmotiviert ...und schämt sich. Warum bin ich kein Ganzes? Als Teil vom Ganzen könnte ich noch durchgehen. Aber so wie jetzt ...als Bruch. IMMER benötigt er weitere Teile, um ein Ganzes zu werden. Immer.

Folglich geht er gedanklich in die Offensive: was ist denn schlecht am Halbsein? Komme doch gut zurecht. Gut, manchmal wäre eine zweite Niere schön. Sofort bekommt er Durst. Mal auf dem Rücken schlafen. Auch schön. Stereo hören ...na ja! Aber sonst ist halb eigentlich ok. Halb acht. Hat so etwas erwartungsvolles. Acht Uhr klingt nach Gongschlag, jetzt isses da! Ja was denn?

Keiner kann so gut auf der Seite liegen, wie ich! Oder an Häuserwänden stehen. Kann nie geviertelt werden ...er lacht hämisch. Er, sein halber Körper und. Sein Leben. Er mag es, wie es ist. Sein halbes ganzes Leben. Er kann sein Leben zweimal leben ...so gesehen.

Lächelt er und bietet weiter feil. Zeigt mit dem einen Arm auf Dinge. Und humpelt nach getaner Arbeit nach Hause zu seiner besseren Hälfte.

Fragen
Fragen

Warum gab es keinen Hautrausch, als der Goldschürfer
sich die Haut aufschürfte?

Fragen
Fragen

Ist Plastik plastig oder elastig?

Spielarten des Lebens

HHI II

Ruhe

Öffne die Augen. Verdrehte Weltperspektive 90,8° und die Kacheln vor mir schwimmen im roten See. Bemerke die klebrige rechte Körperhälfte und erschwindelhebe mich zu schnell.

"Hast du wiederholt vergessen offene Dinge zu schließen bevor Bühnenabgang?" sagt der Vorwurf. Ich nicke klebrigtropfend. Läuterung versprechend mache ich mich daran, Dinge zu schließen. Zähneputzen, ganz wichtig.

Und Reflektieren, natürlichunbedingtaufjeden Fall...muss vorbeiziehen...Leben das und immer schön, gell?! Suhlen in Lebenssträngen. Stringente. Lebensstrenge. Erst Kind, dann immer noch Kind, kurz erwachsen, zum Ende wieder Kind.

Dinge schließen, gefälligst! Freundschaften. Abschließen. Ideen...ab. Das Glück, war nie drin...aufschließen vergessen. Hab's dir immer gesagt! Sonutzlos jetzundhier.

Einen schönen geschwungenen Bogen ziehen. Den Wind beim Schlafen beobachten. Farben streicheln.

Dinge schließen...auf oder zu? Nie weiß ich es. Muss auf denselben geschrieben stehen: AUF oder ZU! Muss doch!

Unruhig...unbefriedigt...Schlüsselbund nicht gefunden. Nur der eine alte rostige. Hauptschlüssel, der nirgendwo so richtig passen will. Geduld. Zu spät.

Geduldsüberdrüssig lege ich mich zurück in mein Blut und denke über das Schließen nach. Dürfen Versager schließen?

Aus den Tiefen des roten Sees. Taucht auf die Antwort mit Zeigefingerhoch. Ich lächle ...Augenschließen. Gut.

Lyrigramm

I have a recurrent dream

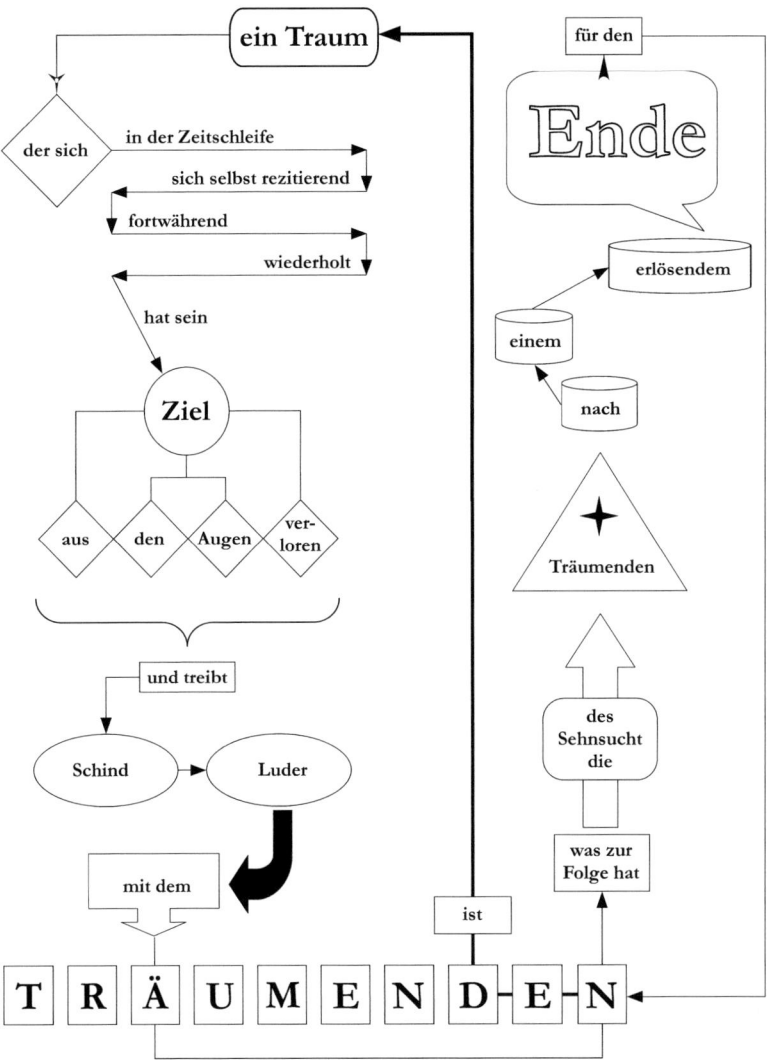

Blaulichtblut

Ich sitze.
Ich sitze am Tisch, auf dem klebrigen Stuhl, fast nackt, nur im durchtränkten Slip, der Oberkörper gekleidet in Schattierungen von Blut, frisch, geronnen, verkrustet...dunkle tiefrote Stellen und zwischendurch schimmert zartweiße Haut durch, so als wollte die Haut die Fähigkeit der Natur demonstrieren, verlorengegangenes Terrain schleichend zurückzuerobern. Kluge Haut.

Ich starre.
Ich starre reglos mit versteinerter Miene auf den Kopf vor mir, nett drapiert in einer Blutlache, Augen geschlossen, wortlos...abgeschlagener Kopf auf Julienne von Fleischfasern und Sehnen an Blutspiegel, tête salomée, starres Starren ohne jede Gefühlsregung, Gefühle sind vergangen, nur erkennbar an den kleinen weißen Flüßchen unter den roten Augen im blutigen Gesicht. Weise Flüßchen.

Es dunkelt.
Es dunkelt das Stilleben vor mir, um mich herum die Welt, der Raum, die Sinne, verschwinden, Scheuklappen und Tunnelblick, dazu gesellt sich ein Frösteln, die Haut ruppig, die Nippel steif, daran klammert sich verzweifelt ein Blutstropfen, der ums Verrecken nicht in die tiefe Schenkelflucht stürzen will, und blaues Licht, Dunkelheit, blaues Licht, Schemen, blaues Licht...Klopfen an Glas und dumpfe Rufe bis Fenster bersten. Brüllende Glassplitter.

Ich hebe.
Ich hebe die Arme über den Kopf, lasse den Kopf in den Nacken und mich in die Tiefe fallen, spüre, wie der Fallwind meinen Hals und meine Achseln leckt, die Erinnerung bremst meinen Fall behutsam ab, und ich stürze weich in den sanften weißen Fluß, der mich einhüllt und Blut vermischt mit Milch, marmorgleiche Schönheit, treibe ich dahin, geräuschlos, Ohren unter Milchwasserspie-

gelsee, nur Gesicht, Nippel und Zehen spitzeln heraus.
Kleine Menschberglein.
Ruhe.
Milde.
Ich Fötus.
Samtheit.
Glücklächeln.

Der Fluß als Wiege. Bettet mich. In seine starken Flüster-
Arme. Flüstert „ich liebe dich" … „ich liebe dich" …und
weine das restliche Rot in den Fluß, der es begierig auf-
saugt und in Weiß verwandelt. Lasse mich von Milch
streicheln …öffne die Augen, endlich, und sehe …Wärme.
So warm, wie Blut, so schön, wie Sommerdunst, so weit,
wie mein Glück. bonheur fragile.

Lyrigramm

Quall

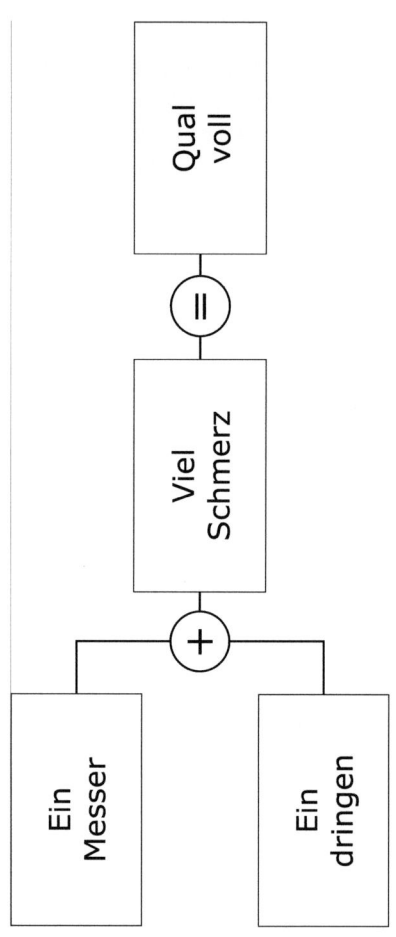

Kunst

Frauenkopf auf Männerschenkel

Spielarten des Lebens

~~IIII~~ III

| Anfang | Ende |

Lyrigramm

Blutmutter

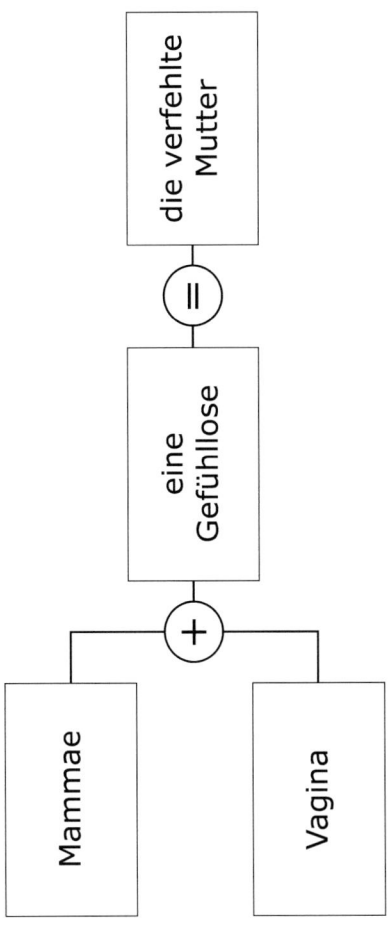

Wenn

Wenn sie hasst, dann abgrundtief.
Ein bißchen ...mit aller Konsequenz.
Und widerspricht sich selbst.
Wenn sie hasst, dann ihn.
Und merkt nicht, wie er verdorrt.
Wenn sie hasst, liebt sie.
Nicht ihn.

Wenn sie sich hingibt, gibt sie zu schnell.
Sie gibt ihre Liebe,
ihre Hoffnung,
ihr Verlangen,
ihre Sehnsucht nach Geborgenheit.
Sich.
Und wird enttäuscht. Oft.

Wenn er bei ihr ist, fliesst er.
Wenn er bei ihr ist, rast die Zeit.
Er wünschte sich die Macht, Zeit ruhen zu lassen.
Dann ist er bei ihr, schmiegt sich an sie
und liebt sie. Für immer.
Für immer. Und noch ein bißchen länger.
Träumerei.

Wenn sie die Zeit wieder entfesselt,
gibt sie ihm, was sie kann.
Nicht viel. Brosamen.
Doch er geniesst es.
Kleine Zuneigung, sein Herz macht große Sprünge.
Und zerschellt.

Wenn sie Gott wäre,
würde sie ihn erlösen.
Von den Qualen.
Wenn er Gott wäre...
...wäre sie Göttin.

Lyrigramm

Der Pfeil

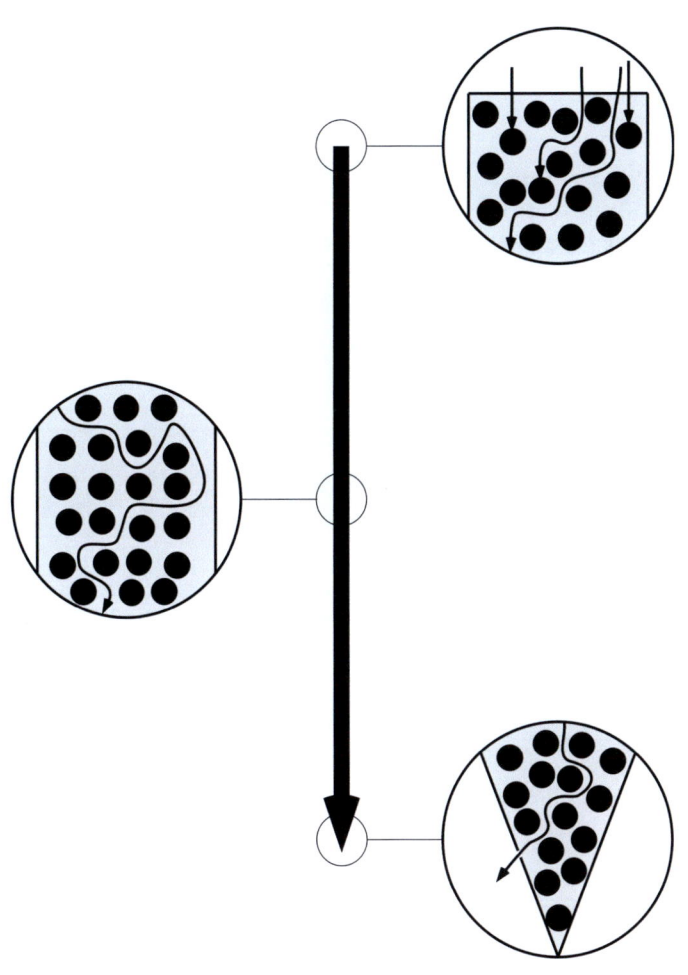

Tini

Lecke...ihren Schweiß.
Von der pochenden Schläfe.
Von der geröteten Wange.
Von der zitternden Brust.
Aus ihrer Achsel.
Vom Bauchhügel zwischen Nabel und Scham mit Flaum-
haar zartgleich.

Lecke...ihr die Fraulichkeit aus den Schenkeln.

Sie leckt...wider.
Gibt meinen Speichel auf meine Haut.
Fühlt mit ihrer Zunge die meine stöhnend und heißat-
mend.
In die Augen tief fallen und Wimpern schließen den Au-
genblick glasigschielend ein.

Liebe.
Fühlt sich so an.

Sagt man, aber ich weiss es.

Schöne Frau

Sie hat dunkle Haare, nahezu schwarz. Werden immer lichter, aber schwarzfast. Wimpern so lang wie ein Wasserfall und schäumend beim Aufschlag. Lichtschaum. So schön. Dunkle Augen so braun wie ein flüchtendes Reh. Sanftmütiges Flüchten mit Glanz. Samtig, wie ein weiches Bett und sich Fallenlassen dahinein. Ein Mund der schreit „Küss mich, Dummkopf!", so weich, so rot, so weich, so rot. Den Tau von ihren Lippen lecken und die Rückenhaare stellen sich auf. Wenn Zungen sich berühren.

Ihr Hals so weich und duftig. Lädt ein zu Verweilen für eine kleine Ewigkeit. Riecht so gut und immer weich. Küssen. Küssen. Dabei den Busen streicheln. Mit Zartrosa in der Mitte und ein Gedicht. Mit kleinen Härchen und duftet und schmeckt. So hart. So zart. Die schöne Frau stöhnt. Zurecht! Hat die Sonne im Herzen und den Flaum auf der Haut. Und die Beulen am Kopf. Die der Doktor mit viel Blut herausschneidet. Machete schneidet sich durch den Kopf. Danach noch schöner, obwohl eigentlich egal, weil so schön von innen.

Die schöne Frau ist schönschön. Weil sie lächelt, wie nur glückliche Frauen lächeln können. Weil sie geliebt wird. Weil sie ist, wie sie ist, mit all den Beulen und Flecken und der Cellulite. Weil sie von innen strahlt. Mit Sonnenlicht. Weil sie liebt und liebt. Und zufrieden ist ist mit dem Wenigen, was sie hat. Weil sie weiß, dass sie das Wenige hat. Sicher. Keine schönere Frau auf der Welt.

Kunst

Bordsteinschwalbe mit verrutschtem Höschen, missmutig

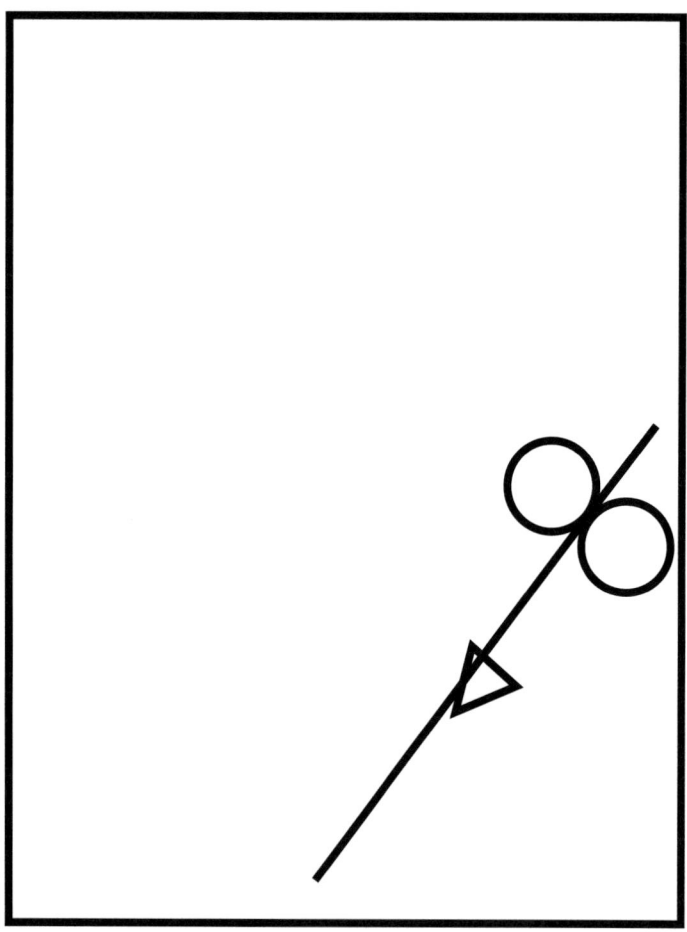

Sauschwein

So traurige Gestalten ...ihr.
Und ich.

Lese weinend die Zeit.
Träumte von Gold.
Und der wahren Liebe.

Wenn das Herz so schwer wie die Welt am Boden liegt.
Wenn niemand da ist, der deine Schwermut streichelt.
Wenn Blei das Blut ersetzt.

Dann wird die Sehnsucht groß, nach einem Engel.
Mit schwarzen Flügeln.
Und lauter Stimme.
Schreiend: Ich liebte nur dich!

Doch am Ende ist nur Hass.
Nein, böser.
Gleichgültigkeit.

Und ich töte dich 1000 mal.
Du röchelst und atmest weiter.
Würde dich liebend gerne töten.
Doch du atmest einfach nur weiter.
Mistmenschatmer.

Liebe mich, bitte liebe bitte mich.
Bitte.
Liebe.
Mich...
Du Sauschweinwunderschöne.

Fleischdreck

Haut! Innereien! Köpfe!
Haut! Innereien! Köpfe!

Auf dem afrikanischen Schlachthof in Nigeria. Mitten im Dreck und all dem alten Blut und den Gedärmen und dem Gestank. Gott soll dich strafen! Gott gibt alles und nimmt alles! Er leitet unser Tun. Er leidet ...erleidet. Gottsau mit den Hörnern, die mit der Machete wie Butter fallen. Jedenfalls lässt der Schlitzer sich erst bezahlen, dann schlitzt er den Ziegen oder Rindern die Hälse auf. Auf dass das Blut spritzt meterweit und er sich angeekelt das Gesicht mehrmals blutleer wäscht. Auf dass die Augen sich verdrehen, nur das Weiße sichtbar. Auf dass ein Röcheln von Blut in der Luftröhre den Wind übertönt und alles. Ein erst lautes, dann leiser werdendes Blutröcheln mit schneeweißen Augen bis alles   lut in der Dreckerde vermischt schwarz mit hellrot. Und alle barfuß watend durch Dreckblutschleimröcheln. Dann kommt die Stunde der Röster, nachdem Flatterarterien lustlos am halben Hals baumeln. Rösten und brennen ganze Körper oder Köpfe über Gummireifenfeuer und sind die Besten. Schaben Haare ab und der gewaschene Kopf so weiss. Ohne Augen, weil geplatzt und zuvor ausgelaufen. Nur Löcher, wo vormals Augen waren. Rennen kilometerweit mit Zentnerlasten von   Blutfleischfetzen auf dem Rücken zu Schmeissen in Plastikfolie Kofferraum von Mercedes oder. Ein Kofferraum voller Blut und Fleisch und Dreck und ehemals Leben. Gelobt sei Gott.

Lyrigramm

Menschsein

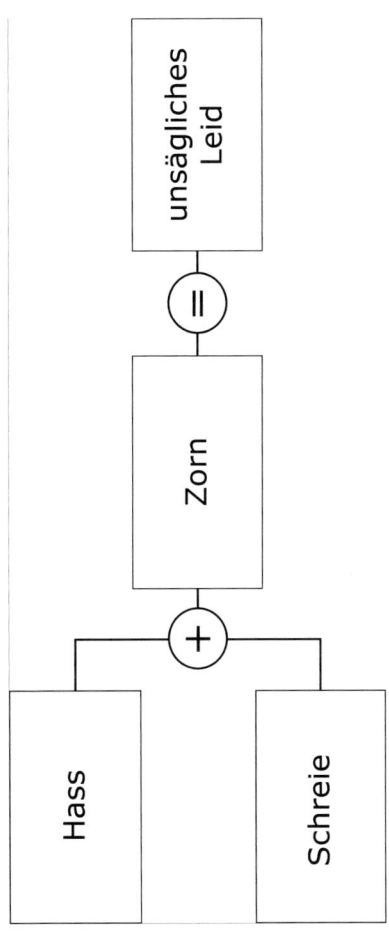

Kunst

Neulich im Theater

Mädchen mit schmalen Schultern

Es war einmal ein Mädchen klein. Hatte schmale Schultern sehr. Zu schmal, um die Last der Welt zu tragen. So trug es nur sein eigenes kleines Leben. Tapfer, aber immer die Unterforderung in Gedanken. Wollte mehr. Tragen. Das kleine Mädchen war bärenstark, nur wusste es niemand. Nie hatte irgendeiner das Mädchen gefragt, welch hohe Lasten zu Tragen es im Stande sei. Noch hatte es das Mädchen je gezeigt. Hatte es doch nie einen Anlass gegeben. Lasten zu Tragen war ein einfaches. Nur wusste es. Keiner.

Das kleine Mädchen war weiss. Im Gesicht. Und in der Seele. War rein und weiss und immer so schön. Aber so schmale Schultern. Wer kann die Schönheit sehen, wenn die Schultern fehlen? Keiner kann, dachte das Mädchen, und fasste einen Entschluss. Überdrüssig der leichten Lasten fasste es den Entschluss, mehr Tragen zu wollen. Warum? Weiss nur das Mädchen. Weil es so unbändig stark war, wissen wir. Nur wir. Und das Schmalschultermädchen.

Also denn ging sie zum Onkel Arztdoktor. „Bitte mache mir breite Schultern.", forderte es den Medizinmann auf, „so breit, dass die ganze Welt bequem darauf Platz nehmen kann!" Dem ungläubigen Arztgesicht entgegnete sie „Mach mir Schulterimplantate, so breit wie ein Ozean, so weit, wie ein Gewissen, so fern, wie die fernste Galaxie." Und der Onkel implantierte auf Teufel komm raus. Er wagte nicht, dem Mädchen zu widersprechen. „Aber die Risiken dieser schweren Operation!" blieb ihm im Halse stecken. Zurecht! Wusste doch die Schulmedizin eine Scheißdreck vom Tragen schwerster Lasten durch kleine, zarte Mädchen. Einen Scheißdreck. Die Medizin, die weiße, ach so kluge.

Es war einmal ein Mädchen klein. Jetzt mit breiten Schultern und der Welt oben darauf. Das Kind trug die Last ohne Murren. War tapfer und stark. Weiss und rein. Und schön. Und die Welt dankte ihr es nicht. Dankte dem Mädchen nicht die Schuld, die es auf die ehemals schmalen Schultern geladen hat nun. Dankte nicht all das Blut, all das Elend, all den Dreck. Die Welt spie sie voll mit Unrat. Doch das Mädchen mit den Schulterimplantaten trug. Lässig. Gerne. Mit Freude. Hatte es doch. Auf der linken Schulter gesehen. Die Liebe. Und die Farben. Die Sonne. Und die Kinder.

Lyrigramm

So

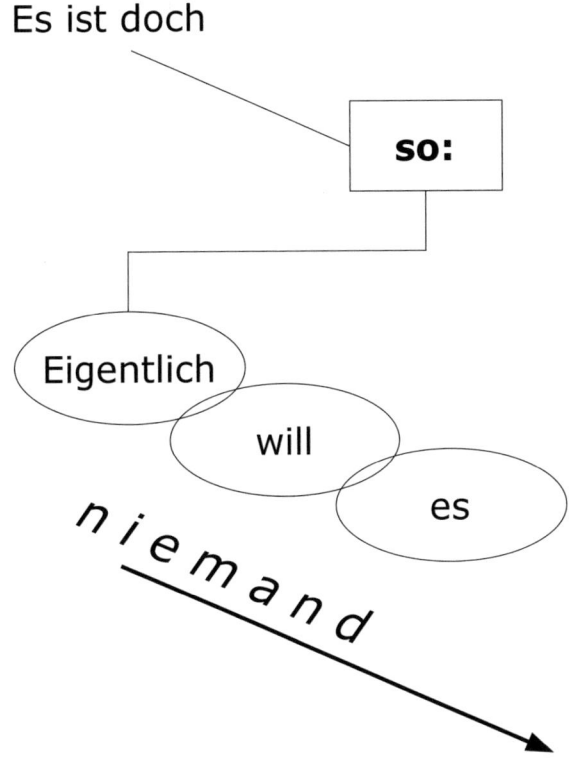

Zwinkermädchen

Das Zwinkermädchen ist kein Mädchen mehr. Fast schon eine Frau. Halbfraumädchen. MehrFraualsMädchenmädchen. Das Zwinkermädchen war einmal klein, aber nie Kind. Es wusste von Anfang an zuviel von dieser Welt und wollte nie Kind sein. Es war klug, sehr anmutig, sehr vernünftig. „Zu vernünftig", sagten viele. „Wo ist denn das Kind im Kind?", fragten sie. „Wir wollen depperte kleine Kinder!" prusteten sie entrüstet, „Keine kleinen Erwachsenen!". Scherte das Zwinkermädchen nicht, es zeigte ihnen die lange Nase und begann zu zwinkern, um ebendiesen Leuten einen Spiegel vorzuhalten.

Hält den Kopf leicht schief, zwinkert und fängt den Augenblick ein. Nochmal etwas näher, zwinkern, Augenblick gefangen. Augenblicke mit oder ohne Menschen. Mal nur Natur oder toter Stein. Mal Getier oder Menschenköpfe von Liebenden oder Fremden. Oder manchmal nur ein Lachen. Aber immer schön. Kopf schief, zwinkern, klick! Lachen gefangen für immer. „Seht hier, in eurem Spiegel", ruft das Mädchen, „euer Lachen gefangen." Oder Traurigkeit. Zwinkern, gefangen. Oder Todessehnsucht. Zwinkern, eingefroren. Oder Liebe. Zwinkern, für immer bewahrt.

Das Mädchen erzwinkert die Welt und erschafft Spiegel. Myriaden von Spiegeln, denn die Menschheit vergisst schnell. Und wenn denn einer schreit „Aber ich kann doch nicht mehr lachen!", schwupps hält ihm das Zwinkermädchen den Spiegel vor die Nase und widerlegt den Zweifler. Andere proklamieren „Die Welt ist hässlich und voller Greuel!" Schwupps, Spiegel mit Schönschön, widerlegt. Oder wenn der Mann die Frau beschreit „Ich habe dich nie geliebt!", Spiegelschwupps schon vergessen, Mann? Myriaden von Spiegeln, doch sie werden alle gebraucht. Denn. Die. Menschheit. Vergisst. Zu. Schnell.

Dann gibt es noch die Augenblicke, da steht das Zwinkermädchen vor einem Spiegel und sieht sich tief in die Augen. Zwinkert und lässt den Moment erstarren. Ein Spiegel des Spiegels. Zwinkert sich in den Spiegel hinein. Oft. Sehr oft. „WO bin ich? WER bin ich?" Zwinkert und sucht in den Selbstspiegeln verzweifelt nach sich. „Irgendwo muss ich doch. Ich. Sein. Wer bist du? Verdammt noch mal. WER bist du?" Dummerweise können Spiegel nur zeigen, nicht sprechen. Spiegel zeigen das, was man sehen möchte. Sie sprechen nicht, versprechen jedoch vieles. Dessen ist sich das Zwinkermädchen bewusst. Es zwinkert sich weiter durch die Welt und entlarvt die Widersprüchler. Es zwinkert seine eigenen Lebensmomente weiter in Spiegel hinein, auf der Suche nach sich. Einer von den unzähligen Spiegeln wird es ihr eines Tages zeigen. Das Ich.

Kunst

Querdenker

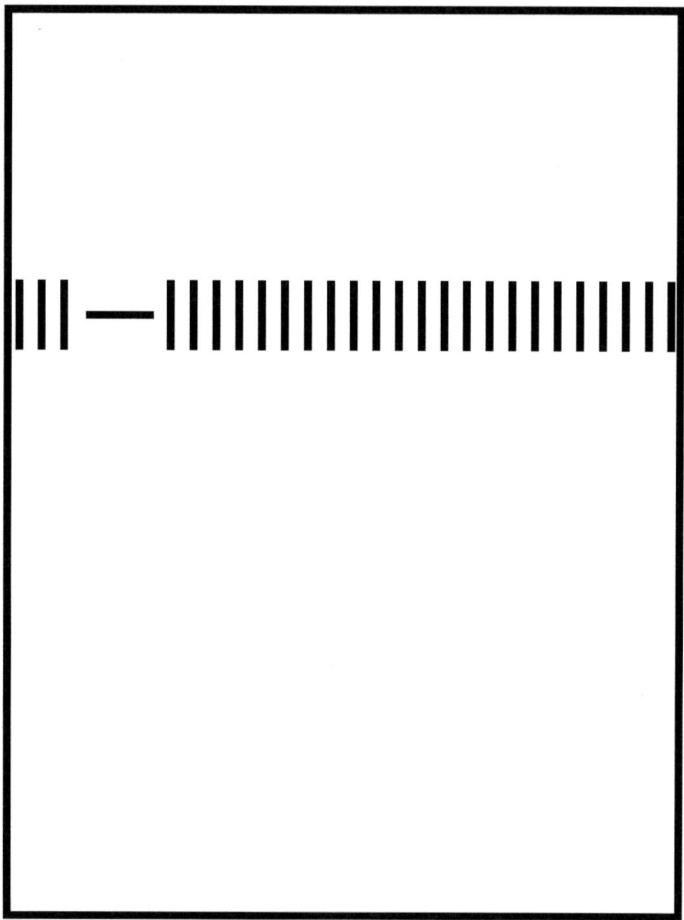